LAURA SERRANO

LA VISTA ATRÁS

PREGUNTA

LA VISTA ATRÁS

Primera edición: abril 2024

info@preguntaediciones.com
www.preguntaediciones.com

Diseño de cubierta: equipo editorial, sobre una foto
de María Allué y Sara Gaona
ISBN: 978-84-19766-42-7
Depósito legal: Z-749-2024

Printed in Spain. Impreso en España por Estilo Estugraf Impresores

A Blanca y a la memoria que comparte conmigo

La búsqueda de algo perdido es, sin duda, el origen de la memoria; algo perdido e irrenunciable que puede darse en diferentes maneras o, más bien, en diferentes grados. Es algo que necesita ser mirado nuevamente. Mas esta necesidad, imperativa hasta el sacrificio, es propia de la función de ver y verse que el ser humano padece antes que ejercita.

María Zambrano

Regresaré a la casa, la casa de mi padre, abriré las ventanas y que la limpie el aire.

José Antonio Labordeta

MARTA (I)

Hasta ese momento mi familia era común. Tan común como podría ser la tuya. Tuve unos abuelos y unos padres. Después unos hermanos mayores y otro más pequeño. Con el tiempo tuve sobrinos. Y siempre estuvimos muy unidos. Tan unidos como lo son las familias españolas. Eso siempre ha hecho que seamos más fuertes frente a todo. Yo tomé la decisión de saber, y eso no es fácil. No siempre es comprendido, pero cuando hay amor las cosas se hacen más simples. Porque esa unión que nos tenemos implica respeto mutuo.

Mi abuela murió en 2007 y yo tenía treinta y ocho años, un trabajo, una vida estable en Madrid y algunos lujos que me podía permitir. Cuando la dejé aquel domingo en la cama supe que tendría que regresar pronto, tan pronto que al día siguiente recibí la llamada. Se había ido despacio y en el silencio en el que había vivido siempre. En la tranquilidad de mi apartamento de la decimosegunda planta me sentí sola. La soledad es un sentimiento que siempre se asocia a algo negativo, pero no tiene por qué ser así. Hasta ese momento mi soledad había sido una decisión tomada a conciencia, pero nunca me había sentido tan sola como en ese momento.

Tras un rato en quietud, salí a la terraza. Algunas luces que alumbraban la negra noche iban desapareciendo en los edificios lejanos. Sentí frío y eso me hizo despertar. Mi familia más cercana eran mis amigas. Desde los dieciocho estábamos cerca. Cerca y juntas. Podría haber llamado a cualquiera de las tres, pero sabía que Berta tenía rodaje y que Lucía se despertaba muy temprano, así que mi mejor opción fue Ana. Siempre se acostaba tarde preparando planos para el día siguiente.

—¿Ana? Soy Marta, ¿puedes venir?

—Sí, claro, ¿qué pasa? —No le contesté, pero no hizo falta—. Voy.

Tardó los veinte minutos que yo consumí en ducharme, ponerme el pijama y preparar café. Sonó el timbre al mismo tiempo que la cafetera aullaba.

Abrí la puerta y me sorprendí al verla con una pequeña maleta.

—¿Y eso?

—Mi ropa para dormir y la de mañana. El ordenador lo he dejado en el coche.

Respiré aliviada al saber que no llevaba intención de irse. Casi nunca le he pedido nada, pero siempre he sabido agradecer que me leyera el pensamiento. Esa noche iba a ser tan llorona como un niño pequeño, y ella lo sabía. A pesar de no haber crecido juntas, las cuatro nos complementábamos de una manera tan automática que parecíamos una maquinaria bien engrasada. No necesité decirle nada porque al verme lo comprendió todo. Dejó la maleta junto al diván y no pronunció palabra. Abrió sus brazos y acudí a cobijarme en ellos como un animal indefenso.

—¿Tienes helado? —Ya sabía la respuesta, mientras me acurrucaba en mi gran sofá de piel blanco y abrazaba un cojín, ella fue a la cocina. Trajo la tarrina y dos cucharas.

—A cucharadas, ¿no?

—Naturalmente.

El chocolate nos había salvado siempre de todo. Y en los cuatro congeladores era tan habitual como la botella de cava.

—Tienes que ir, aunque no quieras.

—No es que no quiera. Lo que más me apetece en este mundo es estar junto a ella. Pero hace muchos años que no voy al pueblo y sé que sin mi abuela no será lo mismo. Tengo miedo. La trasladarán allí por la mañana y el tanatorio se llenará de gente, que, en el fondo, me da igual.

—Pues si te da igual... tú misma estás dando la respuesta.

—Sí, lo sé. —Tomé una cucharada y el frío me reconfortó—. Pero es difícil de explicar, treinta y ocho y sola. Lo verán peculiar. Han pasado más de diez años y entonces ya todos me preguntaban lo mismo, «¿y no tienes novio?», «pues ya tienes edad para casarte»...

—¿Y qué te importa lo que digan?

—No me importa, pero no quiero volver a contestar lo mismo y menos estando en un tanatorio. No quiero estar sola.

—Pero estará tu familia.

—Sí, mis hermanos con sus mujeres y mis sobrinos. Muy alentador.

Sonreímos al mismo tiempo.

—A ti te tiene que importar ella, nada más. Bueno, y tu padre. Lo demás sobra.

Mi padre siempre tuvo muy claro que su primer hijo no sería el único hijo. Mi madre lo comprendió perfectamente por eso nosotros éramos cuatro. Porque a él siempre le había faltado un hermano para todo.

Me dormí poco a poco en el silencio de la noche, ese silencio en el que las ciudades descansan y toman fuerza para dar la bienvenida al nuevo día. Me acurruqué en mi lado de la cama mientras mi amiga respiraba profundamente al lado.

Ana se levantó la primera y recalentó el café que no nos habíamos tomado por la noche. Con ese olor desperté yo. Con esa calma que notaba en lo más profundo. Los pesares de la noche habían desparecido y estaba serena para afrontar el resto del día. Me despedí de mi amiga y tomé el coche en dirección a Zaragoza.

El día estaba tan en paz como yo. El sol se dejaba ver entre las nubes. Entonces comprendí que algo empezaba a cambiar, y no era sólo que ella no estaría. Se había llevado aquellos domingos en los que venía a despertarme para desayunar juntas. Cuando estaba todavía en la cama se metía conmigo, ponía mi cabeza sobre su pecho y mientras me acariciaba el pelo decía: «Hoy va a ser un día maravilloso, cariño». Y lo era, realmente lo era. En aquel pueblo, el suyo y el mío, había vivido mi mejor infancia. Con los años dejó de gustarme, pero no podía recordar exactamente el momento ni el porqué. Sólo recordé las rosquillas de anís para desayunar y el melocotonero de la puerta de su casa. Mis pensamientos se movían al mismo ritmo que mi coche avanzaba por la A-2. Me sabía el trayecto de memoria, pero esta vez giraría pasado Calatayud y no llegaría hasta Zaragoza.

Al coger aquella carretera secundaría comprendí que el pueblo al que me dirigía no era sólo el de mi abuela, también era el mío. Pero hay veces que todo aquello que se quiere también se teme. Se teme porque se conoce, pero también porque se conoce, duele mucho más.

La entrada del pueblo estaba flanqueada por árboles a ambos lados en fila india que daban una bienvenida que no recordaba. Lo que sí recordé fueron las tardes de paseo de la mano de mi abuela Pilar. Cuando acabábamos de comer, mientras ella recogía, nosotros hacíamos deberes y después íbamos a pasear hasta los límites del pueblo. Fue una abuela común, pero hacía cosas que las otras no hacían. Montaba con nosotros en bicicleta para ir hasta la ermita e invitaba a los demás chicos a venir. Preparaba juegos para nosotros. Juegos sencillos, a los que las demás abuelas no jugaban. El pañuelo, partido de fútbol, partidos de frontón, concursos de disfraces. En las tardes de lluvia todos los vecinos venían a nuestra casa e inventábamos conciertos, nos poníamos ropas imposibles y después ella, con un entusiasmo poco fingido, nos escuchaba y nos aplaudía. Las demás abuelas no eran así, pero yo no me había dado cuenta hasta que la había perdido.

Desde que teníamos tres años todos los veranos los pasábamos con ella. Al principio eran dos niños, luego fueron cuatro. No sólo era más trabajo sino otros problemas. Íbamos creciendo y ya no nos conformábamos con hacerle funciones de teatro en el salón de casa. Pedíamos visitar el pueblo de al lado porque eran fiestas, o irnos a pasar la noche con otros chicos. El primer verano de mi adolescencia negó mis peticiones, pero permitió que invitara a algunos amigos a nuestro jardín y montáramos una tienda de campaña. Nos supo dar ese espacio mientras ella se quedaba en la casa con mis hermanos pequeños. Pero el siguiente verano, cuando ya un chico frecuentaba nuestra casa más que los demás, lo tuvo más difícil. Yo tenía doce años. Y los doce años en un pueblo son como los veinte en la ciudad.

No tengo muchos recuerdos de ella en otra estación del año. Puedo recordar las navidades, algún domingo suelto y el día de la Virgen del Agua. Ese día de primavera, y todos los años, íbamos al pueblo y después de la comida que ella preparaba para toda la familia salíamos a buscar flores. Los mayores, mi padre y sus amigos se quedaban tomando el café. Y todos los niños que hubiese cerca nos íbamos con ella. Nos encantaba coger las flores que sobresalían de otras casas. El resto del año no podíamos hacer tal cosa, pero ese día todo estaba permitido. La abuela nos aupaba para que llegásemos a las rosas más altas y nosotros con una rapidez inusual arrancábamos de una vez toda la flor. Nos divertían mucho esas salidas, pero también nos divertía la parte que venía después. La abuela no solía ir a misa, pero el día de la Virgen se arreglaba más que nunca. Antes de que nosotros llegásemos a comer ella ya había vuelto y por la tarde esperábamos que saliese la procesión.

Su casa no era muy grande, tampoco pequeña. Tres habitaciones y un baño en la parte superior y en la parte de abajo una cocina, un salón con una gran mesa y un porche que daba a un jardín. Estaba en esa parte del pueblo donde confluyen las dos calles más importantes. Y tan céntrica que veíamos toda la procesión. Empezábamos viéndola en uno de los balcones de la parte superior y cuando la Virgen giraba la esquina, íbamos corriendo al otro balcón que daba a la otra calle. No había tiempo que perder porque los pétalos que habíamos recogido estaban primorosamente preparados para que se los tirásemos a la Virgen desde ambos balcones.

Todo esto lo recordé antes de llegar al tanatorio. La infancia nunca se olvida y mi abuela había hecho que conservara los días vividos con ella para siempre. Cuando bajé del coche hacía sol y no quise quitarme las gafas oscuras. Ya habían llegado todos y volví a sentirme muy sola. Cogí valor para entrar en aquel lugar de paredes color salmón, saludé a mis padres y a mis hermanos y, sin acercarme a ella, me senté en el sofá que estaba enfrente. Llevaba pocos minutos allí y ya estaba cansada de todas las mujeres que pasaban casi en procesión por delante de cada uno de los miembros de mi familia. Desde mi rincón observaba cómo mi hermano Pablo, dos años menor que yo, abrazaba a su mujer intentando aliviar su tristeza. Clara, mi otra hermana, estaba acompañada por Álex, su novio desde que consiguió entrar en aquel prestigioso bufete de abogados al acabar la carrera. Estaban tomando un café cerca de la máquina que el Ayuntamiento había puesto junto a la puerta de la entrada, pensando que los familiares buscarían consuelo en un humeante vaso de cartón. Sentado en las butacas estaba el más pequeño de mis hermanos, Miguel. Junto a él estaba su novia desde los quince años y su mujer desde los veinticinco, Julia, la chica más guapa de todo el barrio. Estaban hablando con la tía Josefina, que en realidad no era nuestra tía, pero había sido vecina de la abuela Pilar desde siempre y para mí era tía desde que había nacido.

Al girar la cabeza vi entrar a mis amigas, las tres vestidas de negro acompañándome en mi tristeza. Se acercaron hacia mí y la primera en abrazarme fue Ana, ella siempre era la más lanzada, estaba muy guapa con esa falda larga. Lucía, que se había cortado el pelo por encima de los hombros, llevaba un conjunto de pantalón y chaqueta. Me dio un beso y me dijo que no estaba sola, que ahora ellas estaban conmigo. Berta, «la Rubia», llevaba un ajustadísimo vestido negro que dejaba ver sus rodillas y le hacía parecer más alta. Nadie la reconocería en este pueblo y eso me alivió porque ella lo pasaba fatal siempre que en circunstancias como estas, se ponían a hacerle fotos y a pedirle autógrafos. Miré fijamente sus ojos y en ellos pude ver la tristeza que sentía por mí. Estaba tranquila porque ellas estaban conmigo.

En este pueblo lo que todos esperan es que te cases y tengas hijos, y aquí estoy yo, llevando la contraria, en el funeral de la persona que más me ha apoyado en la vida. Decidí irme a Madrid, comencé periodismo y en el colegio mayor que había junto al campus universitario conocí a las que hoy, casi veinte años después, son mis tres mejores amigas. Teníamos habitaciones contiguas y las cuatro nos hicimos inseparables, desde entonces hemos estado juntas. Lucía, que estudió Biología, lleva diez años en el mismo laboratorio investigando una vacuna contra el sida. Siempre nos dice que está más cerca de descubrirla y ella pone todo su empeño, pero a menudo se encuentra con muchas puertas cerradas cuando acude a entidades a solicitar dinero para poder investigar. Esto no la frena y cada día está más cerca de conseguir su meta. El sueño de Berta era ser directora de cine, y eso es ahora, una aclamada directora de cine. Pasó cinco años en Los Ángeles donde dirigió cuatro películas con los actores más famosos del momento. En ese tiempo fuimos a visitarla en muchas ocasiones. En la visita más larga, que duró casi tres meses, estuvimos ayudando a reformar su apartamento. Ana tenía mucha ilusión por ir, había acabado arquitectura en la escuela superior y quería diseñar el interior del piso de Berta. El apartamento era muy grande y había espacio suficiente para las cuatro. Por la mañana Berta tenía rodaje, Ana vigilaba las obras y Lucía y yo nos íbamos a ver tiendas de muebles. Yo quería ser escritora y ahora con tres libros a mis espaldas es lo que me considero. La abuela Pilar siempre me apoyó, incluso me llamaba por teléfono para darme ideas, yo le mandaba mis manuscritos, era la primera en leerlos. Desde hace algunos años compagino mis libros con una columna de opinión en un periódico, allí escribo sobre lo que quiero, soy libre para elegir los temas, vivo en Madrid muy cerca de mis amigas y soy feliz.

La abuela había dejado escrito que quería un entierro sencillo y familiar, y así fue. En la pequeña comitiva de seis coches que iba hacia su último destino, yo me encontraba en el segundo, un estupendo BMW conducido por Ana. La llegada a aquel páramo, donde esparciríamos lo último que quedaba de mi abuela, fue una de las experiencias más duras de mi vida. Dejamos sus cenizas junto a mi abuelo, entre árboles viejos y tierra florecida. La despedida fue sencilla, sin cruces y sin lápidas de mármol gris como ella me había dicho muchos años antes, no hubo ceremonia más allá de lo estrictamente necesario y tan sólo una pequeña rama de olivo sobre el lugar. Al margen de sus hijos y nietos sólo estaban las chicas, la tía Josefina y dos hombres barbudos de edad avanzada que nadie de los allí presentes conocía. A mí no me gustan los entierros, en eso soy igual que la abuela y ella lo sabía.

Tras esparcir el contenido de la urna, mis padres, mi hermano Pablo y su mujer se marcharon hacia el coche. Les seguían muy de cerca Clara, apoyándose en Álex y ayudando a la tía Josefina, y Miguel con Julia de la mano. Yo me quedé en silencio, escoltada por mis amigas, mirando el horizonte y observando a los dos hombres. Estos dieron media vuelta y se marcharon despacio, en silencio, como si les pesara todo lo vivido y tuvieran que soportar una gran carga, únicamente ayudados de su bastón.

—¿Estás bien, Marta? —Sentí como una mano apretaba suavemente mi hombro derecho.

Escuché primero la voz de Lucía, mientras Berta me abrazaba por la espalda y Ana me cogía la mano. Las chicas eran inteligentes y sabían que era difícil encontrar una manera de consolarme tras la muerte de una persona tan especial para mí.

—Sí —dije rápidamente sujetando la mano de Ana—. Estoy bien.

Las atraje hasta mí y las abracé durante un largo rato. Estaba empezando a anochecer cuando nos dirigimos hacia el BMW para regresar a Madrid.

Ya había llegado yo cuando Ana paró frente a la puerta principal de mi edificio tras dejar a Berta y a Lucía en sus casas. Llamó al timbre y me pidió que bajase.

—¿Quieres que me quede contigo esta noche? —preguntó con una media sonrisa alumbrada por la suave luz de una farola.

—La verdad es que preferiría no estar sola hoy —respondí forzando otra sonrisa.

—Nunca estarás sola, cariño. Estaremos las tres cuando lo necesites, para hacer maletas o para hacer la mudanza. —Sonreí al comprobar que estaba usando la letra de una de nuestras canciones favoritas.

Media hora después, estábamos las dos sobre el sofá de la decimosegunda planta con los pijamas puestos y el pelo recogido por una pinza. Eran las doce de la noche, pero no teníamos sueño.

—Oye, Marta, ¿quiénes eran los dos señores mayores que estaban en el cementerio?

—Pues no lo sé—respondí mientras me levantaba hacia la nevera—. ¿Quieres helado? Serían amigos de mi abuela, aunque yo no los había visto nunca.

Quizás fueran compañeros del abuelo Víctor o antiguos vecinos. Esto lo pensé por la mañana cuando Ana se marchó y me quede sola. Salí a la terraza y, todavía con la taza de café recién hecho en la mano, comencé a pensar en la abuela mientras un nuevo día comenzaba. No tenía que ir al periódico porque la columna semanal la había enviado por *e-mail* dos días antes, así que todavía con el pijama puesto, fui hasta el ordenador y lo encendí, tenía varios correos de publicidad, otro de mi editor con los datos de ventas de mi último libro y otro de Clara. Abrí este último y lo leí:

¡Hola, guapa!

¿Qué tal has pasado la noche? Nosotros llegamos a casa sobre las ocho. Alaia está enferma, tiene varicela, así que todo estaba tranquilo. Ha llamado la tía Josefina para que vayamos a recoger las cosas de la abuela. He hablado con Miguel y con Pablo, también con papá. Ellos no quieren ir y, la verdad, a mí tampoco me apetece. He pensado que tal vez tú querrías. Habla con la tía. Papá ha dicho que cojas lo que quieras y lo que no, lo dejes allí.

Que te vaya bien por el pueblo.

Besos.

Clara

Volví a leer el mensaje otra vez, era yo la que tenía que ir a recoger las cosas de la abuela. Me sentía morir. Mandé un *e-mail* a las chicas y quedé con ellas para comer.

Cuando llegué al restaurante ya estaban Lucía y Berta. Ana siempre se retrasaba.

—¿Qué sucede? Por tu correo parecías muy triste —dijo Lucía al mismo tiempo que me quitaba la chaqueta y me sentaba.

Justo en ese momento entraba Ana, perfecta con sus pantalones negros y su camisa blanca acompañada por un gran bolso y una melena de pelo liso castaño bien peinada.

—Lo siento, siento el retraso, llevo una mañana... —se dio cuenta de mi cara y paró en el mismo instante—. ¿Qué ha pasado? —dijo mirándome fijamente.

—Mejor no preguntes —contestó Lucía por mí.

Se acercaba la camarera, ya la conocíamos, era una chica alta y morena, demasiado callada, llevábamos diez años yendo a ese lugar casi cada día y nunca nos había dicho nada más de lo estrictamente necesario.

—¿Qué van a comer?

Berta tomó la palabra y pidió pasta para las cuatro, carne de ternera de segundo y helado de chocolate de postre. La chica se fue y regresó a los pocos minutos con nuestros platos.

Tras la comida y la compañía de las chicas me fui a casa, llegué mucho más contenta de lo que había salido tres horas antes. Es curioso, hay veces que los amigos pueden llegar a ser incluso más importantes que la familia, con ellos disfrutas de momentos que jamás podrías compartir con tus hermanos o tus padres y tienen esa facultad de saber comprender y apoyar. Después de hablar con ellos, una se siente reconfortada. Además, yo tengo la suerte de tener a las chicas cerca y de poder estar con ellas en cualquier momento.

Luis, el portero, me esperaba con un montón de cartas, las ojeé en el ascensor y antes de llegar a mi piso ya había decidido que ese día no iba a abrir ninguna. Entré en casa, dejé las llaves y las cartas en el mueble blanco de la entrada mientras cerraba la puerta con el pie. Colgué el abrigo y el bolso en la percha y fui hacia el diván rojo con el ordenador en la mano dispuesta a trabajar en mi nuevo libro, aunque con la imagen de la abuela todavía en la mente.

Había pasado un mes desde la muerte de la abuela Pilar. Y una mañana me desperté con la llamada de tía Josefina. Hablé con ella un buen rato, me puso al día de su artrosis y del estado de sus huesos y quedé en ir al pueblo aprovechando mis vacaciones de junio. En ese mes tendría quince días libres para pasarlos allí y recoger todas las cosas de la casa.

Ese domingo de finales de mayo había salido lluvioso. Mi madre me había llamado dos días antes para que acudiera a comer a la finca. Mis padres vivían en un chalet a las afueras de Zaragoza. Eran las nueve, así que me duché y me dispuse a viajar hasta allí. El viaje fue muy rápido y no tuve lluvia, al llegar comenzaba a verse el sol entre las nubes, unas nubes muy oscuras casi grises. En el viaje pensé en lo que me esperaba en esa comida, estarían Clara y Álex con la niña. Alaia era guapísima, rubia de ojos saltones y azules como su padre y el pelo de su madre. Era una niña muy avispada para sus tres años. También irían Pablo y Esther con Ekai y Anita. Ekai era el mayor de mis sobrinos y todo un hombrecito de cinco años, tenía la gracia de su madre y la mala leche de su padre, igual que su hermana, de dos años. También estarían Miguel y Julia, que, a pesar de llevar casi cinco años casados, no tenían hijos.

Mi llegada al chalet fue muy ruidosa, salieron a recibirme los dos pastores alemanes, y para acompañar al ruido del motor empezaron a ladrar, lo que asustó a mis sobrinas que empezaron a llorar sin consuelo.

La casa no era grande, la habían comprado mis padres cuando se jubilaron para estar más tranquilos, aunque vista la estampa era bastante dudoso que en esa casa hubiera tranquilidad alguna. Tenía un salón bastante amplio con cocina y chimenea, la ilusión de mi madre, y dos habitaciones con un baño cada una. Lo más maravilloso de la casa era el exterior, el jardín con un gran olivo en el centro, y las vistas, ya que desde allí se veía una gran llanura muy verde incluso en verano.

La comida empezó bien.

—¿Qué prefieres, Marta? —quiso saber mi madre.

—Macarrones con queso, como Ekai —dije guiñando un ojo a mi sobrino, que me sonrió—. Por cierto, papá, ¿quiénes eran los dos señores mayores que estaban en el entierro de la abuela Pilar?

—Sí, yo también los vi —intervino Julia.

—Los vimos todos, Julia —dijo su marido.

—¿Quiénes? —preguntó mi madre con cara de sorpresa.

—Pues, Marta, no lo sé. La abuela conocía a mucha gente que se ha mudado al pueblo últimamente, quizás fueran nuevos vecinos o un par de viejos amigos —contestó por fin mi padre.

—Eso había pensado yo, papá, pero estaban demasiado afectados para ser unos vecinos recién llegados.

La conversación tomó otro rumbo, como siempre, hablando de niños. Niños que empiezan a leer y niños que acababan la guardería o el colegio.

Les hablé de la llamada de la tía Josefina y les dije que iría en junio, y que si alguien se quería apuntar. Nadie dijo nada, así que me puse a pintar con Anita.

El mes de mayo estaba llegando a su fin, y en junio tendría vacaciones para ir al pueblo. Pero hasta que la fecha llegara, mis días transcurrían con total normalidad. El último martes del mes recibí una llamada y me dejó tan desconcertada que mi única reacción fue organizar una cena con mis amigas. Ahora viéndolo con el paso del tiempo no entiendo por qué no llamé a mis padres o a mis hermanos. Pero cuando vamos tan a tientas nunca sabemos accionar ese mecanismo que se llama instinto.

Eran las ocho, llegué a casa, me duché y me cambié de ropa, me puse unos vaqueros bastante ajustados con una camisa roja y salí hacia casa de «la Rubia». Por el camino recogí a Ana. Me estaba esperando en el portal de su edificio. Estaba guapa con ese vestido blanco hasta los tobillos y el pelo suelto. Paré en doble fila y antes de montarse en mi coche, miró el móvil, se agarró un brazo con el otro y noté que algo pasaba.

—¿Pero no te has enterado? Debes ser la única en todo Madrid, qué digo, en toda España, que no se ha enterado. Arranca que te cuento.

Me contó que por la mañana al ir a buscar el periódico había visto en la portada del ¡Qué me cuentas! unas fotos de Berta con su secretario. Eran unas fotos bastante normales, según me dijo, Berta llevaba mucho tacón y un vestido largo. Regresaban de un estreno. Al detenerse el coche, Julián, el secretario, le dio la mano para bajar y ella entró en su casa. Pues con sólo esto habían fabricado un absurdo titular: «Berta Bardají, romántica noche con su secretario». Sentí lástima por ella, pero adoraba su trabajo y eso era inevitable que pasase.

Al cruzar el puente de la M-30 giramos a la derecha rumbo a casa de Berta. Era un gran chalet, con piscina cubierta por cristales y garaje para varios coches, situado en la calle

Narcisos, una calle muy tranquila de una zona acomodada del norte de Madrid. Cinco casas más arriba vivía Lucía, y cuando nosotras llegamos ya estaba ella.

La puerta del garaje estaba abierta pero nos costó mucho tiempo entrar, había mucha prensa alrededor. Nos pedían que bajásemos las ventanillas del coche para hacer alguna declaración, pero no hicimos tal cosa. Una vez dentro, nos encontramos con Lucía que estaba pendiente del fuego de la barbacoa. El jardín era muy grande y estaba todo muy verde. La pared junto a la piscina estaba cubierta de hiedra, que trepaba hasta rebasar el muro, y unas buganvillas de colores acotaban el porche.

—Hola, Luci —dijo Ana al mismo tiempo que le daba un sonoro beso en la mejilla.

—Hola, chicas —respondió Lucía.

—Hola, guapa —dije mientras le daba otro beso.

—Hola, chicas —saludó Berta mientras traía unas cervezas del interior de la casa.

Lucía se encargó de hacer el asado mientras Ana, Berta y yo hablábamos sobre la gran exclusiva que habían sacado en la revista de la mañana. Berta no estaba demasiado afectada, pero ella y sus amigas sabíamos que cuando sucedían esas cosas era mejor no salir de casa en un par de días. Si Berta necesitaba salir, se exponía a ser perseguida por periodistas y *paparazzi* y a que la gente le pidiera más autógrafos y más fotos, ya que era imposible no reconocerla con toda la marabunta que la seguía.

Fuera todavía se escuchaba bastante jaleo, pero dentro todo estaba en orden. Un orden tan perfecto que nos permitía regresar a los dieciocho años y a aquella residencia de estudiantes que nos había unido para siempre. Entonces aún no nos habíamos dado cuenta de que la vida iba en serio. Veinte años después ya éramos conscientes de todo.

—Suéltalo todo, Marta, ¿qué ha pasado?

—Mañana tengo una cita en las Torres Kemp. —Me paré un instante para tomar aire—. No sé muy bien lo que pasa, pero es algo serio, me ha llamado esta tarde la secretaria de Sáenz de Ayala.

Ellas parecían tan desconcertadas como yo.

—¿El presidente del equipo de fútbol?

—El mismo, qué tengo que ver yo con ese señor, a ver. En mi vida he visto un partido de su equipo, en mi vida.

—¿En el periódico tampoco has escrito nada?

—Mis columnas son relatos de ficción, no creo que vaya por ahí la cosa.

La Rubia le dio un trago a su cerveza.

—Qué buen comienzo para una película. Cuatro amigas y una cita con uno de los hombres más importantes de este país.

Reímos con aquel comentario, pero yo no sabía muy bien qué pensar. No creía haber escrito nada ofensivo en mi columna semanal y tampoco tenía a nadie cercano que lo conociera.

—Yo sí que estuve una vez con él, no muy cerca, pero nos saludamos. Fue hace unos años en unos premios de cine.

Berta conocía a todo el mundo, era raro que no hubiese estado cerca de alguien alguna vez en su vida.

—Yo también, vino al laboratorio para hacer una donación, pero yo ni siquiera lo saludé.

—A ver si ahora voy a ser yo la única que no lo conozco.

Miré a Ana, la última que quedaba.

—Pues sí, Marta, yo coincidí en el palco durante un partido.

—¿Y qué hacías tú en el palco?

—Con Carlos García-San Miguel, me invitó, era mi jefe, no podía decir que no. Fue horrible.

Pues resultaba que sí, que yo era la única que no lo había visto en mi vida.

—No te rayes. Ve, lo escuchas, y luego quedamos.

—Sí, eso haré.

PILAR (I)

Toda mi vida me la he pasado conformándome, pero no me quejo, nunca me he quejado. He ido afrontando cada piedra en el camino y he ido superando cada obstáculo. He vivido como he podido y como me han dejado. Fui feliz los primeros siete años de mi vida, después volví a serlo poco a poco, al mismo tiempo que mi propia familia aumentaba. La vida me ha ido recompensando.

Nací en un pueblo pequeño del interior de España, uno de esos en los que los inviernos son tan duros como los veranos. Uno de esos en los que todos los vecinos se conocen, para bien y para mal.

Mis abuelos eran muy mayores, y no logro tener recuerdos nítidos de ellos. De mis padres sí. Mi padre nació en Madrid y fue abandonado en un hospicio. Siempre tuvo muy presente el cordón que le colgaron del cuello desde que entró en aquel lugar. Una fina cinta de seda con un plomo. En la parte delantera se podía leer «Inclusa de Madrid», en el reverso estaba el año de la entrada y en la parte inferior la numeración de su historial. Se la pusieron ceñida al cuello con cuidado para no hacerle daño, pero sin holgura para que no saliese de su cabeza. Hasta los seis años no tuvo fecha de nacimiento exacta, solo se podía leer 1898 como año. Pero siempre lo festejaría el 24 de junio, el día que sus padres fueron a recogerlo. Eran un matrimonio mayor, bien posicionado, que no había tenido la oportunidad de tener hijos. Desde ese momento mi padre fue el niño más feliz del mundo. Unos padres propios, una habitación propia y una nana, que lo quería tanto o más que su madre. Fue creciendo en aquel pueblo en los que todos daban gracias a su familia por darles trabajo en sus campos. Fue criado con más posibilidades que el resto de los niños del lugar pero también le inculcaron en el trabajo y en el respeto a los demás vecinos. Poco a poco su padre le fue cediendo el puesto y con quince años contrataba, organizaba y pagaba a todos los jornaleros que cada temporada iban a trabajar con ellos. Nunca hizo ostentación de lo que poseía y era respetado en el pueblo que le había dado las alas para crecer. Tenía tíos y primos, una familia grande de la que nunca podía esperar nada malo. Ni siquiera envidia, ni siquiera traición. Mi padre se casó en 1920 y lo hizo con la chica más trabajadora del pueblo, además poseía una elegancia innata. No era necesario que vistiera de las mejores telas ni se pusiera las joyas que año tras año le regalaba su marido. No era alta, tampoco delgada, pero tenía la proporción justa entre lo saludable y lo deseable. Se complementaban bien y nunca vi un aire de enfado en mi casa. Mi padre sabía respetar las normas, las monjas se habían encargado de eso y mi madre lo sabía. Sabía que era noble, bondadoso y trabajador. Tenía muy claro que debía agradecer todo lo bueno que le había dado la vida y eso le incluía a ella y a nosotros. Nos quiso siempre. Nos quisieron siempre. Yo fui la tercera hija y me llamaron Pilar por mi abuela. A ella la habían llamado Pilar y siempre creyó que era un nombre demasiado común. Pero su madre era tan devota de esa Virgen que se pasó años guardando dinero para poder ir una vez en su vida hasta Zaragoza con la única intención de poder besar aquel pilar. A la Virgen le daba las gracias en los momentos buenos y a la Virgen le suplicaba en los malos. Por eso cuando se enteró de que estaba embarazada le pidió que todo fuese bien y le dijo que si era mujer se llamaría Pilar. Ella era de todo menos común. Toda su apariencia de mujer de alta sociedad se desmentía en el momento que se ponía el delantal y mezclaba la harina con el huevo, se desmentía cuando en medio de un calor infernal se ataba el pañuelo del cuello a la cabeza y tomaba la horca en medio de la siega. Se desmentía cuando nos llevaba al colegio y se movía entre las demás madres.

Ella no lo supo nunca, por desgracia o por suerte, pero siempre estuvo enferma. Un día en medio de la plaza Grande, cayó al suelo. Y en ese momento, mi vida se desmontó, al igual que se desmontaban los granos de trigo cuando otros les caen encima. Antonio, «el Andaluz», el dueño de la taberna, salió al verla desvanecerse y fue rápidamente a avisar al médico. Don Miguel no pudo hacer otra cosa que certificar su muerte. Mi padre ya había llegado hasta allí y a nosotros vinieron a buscarnos a la escuela. La maestra nos contó lo sucedido y nos pidió que fuésemos formales. Recuerdo a mi padre agachado, agarrando fuertemente la cabeza de mi madre y zarandeándola sin éxito. Gritaba. Lloraba. Miraba al cielo y volvía a gritar. Al ver aquello yo dejé de escuchar y todo frente a mí pasó rápido. El siguiente recuerdo es estar de la mano de mi padre en su entierro. A mi lado estaba mi hermano José, y al otro lado Juan. La iglesia estaba llena de gente. A la mayoría los conocía, a algunos no. Pero pasaron uno a uno por el primer banco y nos acompañaron a todos. Luego se marcharon y nos quedamos solos. Don Sebastián acompañado de un joven seminarista que se llamaba Juan Pablo salió de la sacristía y movió la cabeza hacía la puerta mirando a mi padre.

Salimos hacia el cementerio en silencio, todas las personas hicieron un semicírculo alrededor de la puerta del panteón de mi familia. La gran losa que sepultaba la entrada estaba descubierta y más allá del tercer peldaño solo había oscuridad. Metieron el ataúd al interior mientras el cura recitaba algún pasaje de la Biblia que no logro recordar. Cuando los dos señores que estaban en el interior regresaron a cielo abierto, ya sin mi madre, nuestros acompañantes se fueron marchando. Mi padre me tomó de la mano y los cuatro regresamos a casa.

Lola nos había dejado una sopa de cocido lista para calentar. Mientras mis hermanos estaban en sus habitaciones, yo me apuré en preparar la cena. Fui a buscar los cubiertos y al colocarlos sobre la mesa noté que había cogido de más. Cuando regresé al cajón para dejar los sobrantes me di cuenta de verdad. Ya no seríamos cinco, ya no volveríamos a ser cinco nunca más. Esa fue la primera vez que la realidad le daba un vuelco a mi vida. Un golpe seco que con siete años no merecía. Lo puedo contar ahora, que ya me he dado cuenta de lo difícil que puede ser eso que llamamos vivir. No pude pensar mucho más porque mi padre entró en el comedor y se sentó en el lugar que siempre había ocupado mi madre.

Cuando llegaron a esta casa después de la boda, mi madre descubrió que era una casa grande pero también que tendría mucho frío durante el invierno. Por eso, mi padre le cedió el lugar en la mesa junto a la chimenea. Siempre había sido ese su lugar. Ya no lo sería nunca más. Con la torpeza de una niña y la falta total de experiencia fui rellenando cada plato. Mis hermanos empezaron a cenar, pero mi padre no levantó la cabeza. Todos estábamos en silencio, pero él comenzó a hablar.

—José, tienes trece años, es el momento de que te vayas ocupando de las tierras. A partir de mañana vendrás conmigo todos los días. Juan, tú te encargarás de llevar a tu hermana a la escuela y de traerla, y después de las clases vendrás donde estemos nosotros. Si algún día yo falto, quiero que los dos sepáis todo, para que os podáis defender. Pilar, mi niña, tú tienes que aprender muchas cosas. Le diré a Lola que te enseñe todo lo que pueda, eres lista pero esta casa es demasiado grande. Cuando vuelvas de la escuela quiero que tengas los ojos muy abiertos y los oídos atentos.

No cené más, no tenía ganas, pero intuí que las tardes de juegos con Rosario se habían acabado. Ya no podríamos abrir el armario de las sábanas y colocárnoslas por encima para salir corriendo hasta el espejo del patio y cantar frente a él. Ya no podría salir corriendo hacía el parque para jugar al corro de la patata o a la gallinita ciega. Ya no podría esconderme en cualquier recoveco para que mi madre me buscase y me abrazara muy fuerte al encontrarme. Todo eso se había acabado. Como los besos antes de ir a la cama, como el ajuste del abrigo antes de salir de casa, como la bufanda sobre la boca porque así no cogería frío. Sabía que se había acabado todo, pero no estaba preparada.

Al día siguiente, cuando despertamos, Lola ya estaba a la tarea. Había preparado la mesa del desayuno como de costumbre, pero mi padre y José ya se habían ido. Bebimos leche y comimos pan tostado, después nos fuimos para el colegio donde doña Angelita, nuestra maestra, nos estaría esperando con su alegría habitual. Recuerdo ese primer día como si se hubiese instalado en mi memoria como una foto fija. Mi amiga Rosario me esperaba en la entrada como siempre, pero ya no era igual. Ahora yo era más pobre que ella, porque, aunque en mi casa no faltase la comida, a mí me faltaba lo más importante. Mi amiga trabajaba, era la encargada de vender la masa dulce y esponjosa que hacía su madre cada fin de semana. Cada domingo agarraba una bandeja más grande que ella e iba a las casas donde sabía que le comprarían. Una de esas era la mía.

La escuela me ayudó, porque éramos todas iguales, allí no echaba de menos nada ni a nadie. Alguna vez otras niñas me miraban fijamente y yo intentaba meterme en sus pensamientos, siempre lo conseguía, aunque eso me pusiera mal. Yo tenía siete años pero era consciente de todo lo que pasaba a mi alrededor. Mi padre cada vez se acostaba más temprano y cada vez se levantaba antes. Llegué a pensar que no nos necesitaba, que ya no nos quería. Para mi fortuna, Lola no me soltaba la mano. Las suyas eran las más grandes que he visto nunca. Siempre tenía las mangas dobladas a la altura del codo y las introducía con garbo entre la harina o entre las sábanas mojadas. Pensándolo con la distancia que dan los años, pienso que yo le molestaba, le entorpecía en las tareas, pero a ella le podía más el cariño que me tenía. Me llevaba con ella los sábados al lavadero junto al río. Ponía una tabla junto a la suya y me decía «frota fuerte que, si no, no sale». A menudo me cansaba y pasaba de frotar a jugar con el agua. Más de una vez me resfrié, y más de una vez fue ella la que me trajo la leche con miel a la cama. La quise mucho. La quiero todavía.

El tiempo pasaba y no éramos muy conscientes de nada. Los niños consiguen fabricarse la felicidad a medida. Y yo lo hice. Comencé a disfrutar de mis tardes en la cocina y me fui alejando poco a poco de mi padre y mis hermanos. Tal vez fuese una autodefensa inconsciente, pero con ella me sentía feliz. Seguía guardando la costumbre de comprar bollos a Rosario todos los domingos y me llevaba a misa con ella. Un día, cuando José se unió a mi padre en las tierras yo dejé de utilizar el comedor para desayunar y lo hacía en la cocina. Lola canturreaba pasodobles a la vez que pelaba las patatas y sus pies se movían al ritmo que el sonido salía. Me encantaba ver a esa mujer gorda cantando y feliz. Probando el puchero cada vez que introducía un nuevo ingrediente al guiso. Cerraba los ojos, devolvía la cuchara de madera a la cazuela y siempre decía: «¡está perfecto!». Es verdad que su comida era buena, pero era mejor todo lo demás. Cuando salíamos de misa, me colocaba el abrigo como tantas veces antes lo había hecho mi madre. Me peinaba las trenzas que tanto me gustaban. Y me obligaba a darle un beso cada tarde cuando se marchaba.

Yo no supe en ese momento que al mismo ritmo que mi padre había dejado de quererme, había dejado de querer todo lo demás. Mientras se vive en un mundo imaginario todo es más fácil pero mis hermanos eran más conscientes que yo. Ellos estaban en el mundo real y eran responsables en sus tareas. Cogieron las riendas.

—Padre, hoy no se levante, que vamos nosotros.

Y mi padre, después de ese día ya no se levantó de la cama. Antes de acostarme escuchaba a mis hermanos en su habitación. Mientras todos dormían en el pueblo callado, ellos hablaban.

—Habrá que tener cuidado, «el Manoslargas» se ha vuelto a llevar un saco de trigo. Se cree que no lo he visto.

—No le digas nada, José, que ya sabemos todos el genio que tiene.

—Hombre que no, le voy a decir que le he visto. Que no se crea que somos tontos.

—Pero si nosotros vamos a ser igual...

—De igual nada, José, si es nuestro, es nuestro. Y él, por ser, es un ladrón. ¿Por qué te crees que lo llaman Manoslargas? Pues porque le gusta apropiarse de lo que no es suyo. Pero vamos que no va a poder con nosotros, eso te lo digo yo.

—Anda, no digas tonterías y duérmete, que mañana tenemos un día duro.

Yo los escuchaba, pero tampoco entendía mucho. Cada noche era una conversación diferente.

—No le tenías que haber dicho nada.

—¿Cómo qué no? El muy idiota, me ha dicho que se lo debía padre. ¿Pero qué se cree?

—Es pariente, José.

—Eso me da igual. Lo nuestro es nuestro, y de nadie más.

—Bueno, bueno, tú sabrás.

Tenían algunos problemas, pero yo no entendí la dimensión exacta hasta que no llegó el buen tiempo. Lola pasó todo el verano preocupada y lo pagaba con la masa de pan, que retorcía con ahínco. Yo no me atrevía a decir una sola palabra, pero podía adivinar que las cosas no estaban bien. Un tiempo después dejó de venir a casa por las tardes para acudir a la cárcel de Guadalajara dónde estaba su hermano. Por no saber estar callado, dijo, por tonto.

Ya entrado el invierno, con los pies congelados y con un peso mortal de mantas que no dejaban que me moviese dentro de la cama, yo seguía escuchando tras las paredes.

—Deberías invitar a bailar a Pilarín.

—¿A Pilarín? Si es feísima.

—Será feísima, pero su padre es el sargento. Y tú eres el único que tiene edad para invitarla. Yo aún soy pequeño. Se reiría de mí. Pero tú tienes catorce, y dinero para invitarla a tomar algo alguna tarde.

—Déjate de tonterías, ¿dónde voy a ir yo con una fea que además es tonta?

—Será fea y tonta, no lo dudo, pero piensa en su padre. Hazme caso, piénsalo.

Por lo visto, mi hermano mayor no pensó lo suficiente porque a principios de noviembre un grupo de hombres uniformados entró en mi casa. Yo estaba sola, bueno, sola no. Mi padre seguía en la cama. Tuve miedo, todos tenían un bigote como pintado entre los labios y la nariz. Sobre su hombro llevaban armas que se movían al mismo ritmo que sus pasos. Subieron las escaleras pisando fuerte, yo les seguí, pero el último de la fila se giró, me cogió poniendo mi abdomen sobre su hombro y me metió en la habitación de mis hermanos, me tiró sobre la cama y cerró la puerta muy fuerte. No pude ver cómo se llevaban a mi padre, intenté llorar muy fuerte para no escuchar y no escuché hasta que volvieron a entrar en la habitación.

—Diles a tus hermanos que, si quieren verlo, pasen hoy, que no esperen a mañana. Y diles que las promesas se cumplen, y que en este pueblo el trabajo se paga. Con dinero o con la vida.

Cuando vinieron mis hermanos me encontraron en el mismo lugar y entre balbuceos logré contarles lo que había pasado.

—Joder, será cabrón, ha sido el Manoslargas. Me lo cargo, te lo juro.

—No te vas a cargar a nadie, no digas tonterías.

—¿Que no? Ya lo verás.

Mi hermano José se puso a mi altura. Me agarró la cara con las dos manos y limpió mis lágrimas con sus dedos.

—Todo irá bien, chiquitina, lo solucionaremos.

Pero no lo solucionaron porque al día siguiente amanecí más huérfana que la tarde anterior. No tuvimos la oportunidad de hacer un entierro como el de mi madre y no entendí por qué en la escuela ya sólo me hablaba doña Angelita, y sólo Rosario quería jugar conmigo, pero ya no era como antes. Por alguna razón estaba señalada y no lograba averiguar esa razón. Mi padre era incapaz de hacer daño a nadie. Me resultaba increíble todo lo que estaba pasando. Cuando regresé a casa, mis dos hermanos estaban en la cocina y volví a escucharlos.

—¿Que la gorda del colmado no ha querido venderte? ¿Y de qué se cree que vamos a comer? Será cabrona la gorda esa.

—Aquí no nos quieren, José.

—Anda, no me había dado cuenta, Juan.

—Pero ¿qué hacemos? No me da la gana de que se salgan con la suya.

Entré despacio, y esa noche cenamos un melón que aún nos quedaba del verano. Había resistido bastante bien, pero al día siguiente no sabíamos lo que pasaría.

—Pilar, ¿Lola te enseñó a masar, no? Pues coge dos talegas del granero y las llevas al molino, una se la das al molinero y que te dé la harina de la otra, luego te vas al horno. Le das un poco de harina al panadero y con el resto haces el pan.

Se lo había visto hacer a Lola muchas veces, pero nunca me había tocado hacerlo a mi sola. Esa mañana no fui al colegio y comencé a caminar hacia el molino. El frío y el aire me cortaban la cara, nadie me había colocado la bufanda en la posición correcta. Los sacos pesaban, pesaban mucho pero intentaba que no rozaran con el suelo para no romperlos. Cuando llegué se oía el ruido del agua al rozar con las piedras y me hubiese quedado allí un rato si no hubiera sido por todo lo que me quedaba por hacer.

Le dije a la mujer del molinero lo que me había dicho mi hermano.

—Ah, no, bonita, aquí no van las cosas así. Cada saco molido cuesta un saco y medio.

—¿Saco y medio?

—Mira, molemos los dos y te doy la mitad de uno. ¿De acuerdo?

—Está bien.

No podía hacer nada más. Esperé mucho tiempo y vi cómo varias mujeres que habían llegado más tarde que yo se iban antes con su harina. Me acerqué dos veces a preguntar.

—Ten paciencia, bonita, que esto hay que hacerlo bien. Y eso lleva un tiempo.

Yo estaba contenta porque lo estaban haciendo fenomenal, y cuando ya estaba cansada de aburrirme, me dieron lo mío.

Emprendí el camino hacía el horno. Desde la esquina de la calle se oía a las mujeres hablar, pero cuando atravesé la puerta, callaron. Todas las tablas de madera dispuestas como mesas estaban ocupadas. Lancé una ojeada al lugar y nadie se movió de su sitio. En una esquina había una artesa en el suelo así que me arrodillé y comencé a mezclar los ingredientes. Me costó mucho intentar que tuviese la consistencia que yo había visto tantas veces. El panadero se acercó y cogió su parte. Olía muy bien, a pan recién hecho. Cada mujer cogía sus piezas preciadas y las envolvían en paños muy grandes. Sin mirarme se iban. Cuando llegó mi turno ya era más de mediodía.

—Hay que darse prisa, chiquilla, que yo en un rato me voy.

Me apresuré porque no quería dejar el pan a medio cocer, pero sabía que algo no estaba haciendo bien. Cuando logré algo parecido a una masa lo llamé para que lo metiese al horno.

—Por los pelos, otro día ven antes, que a los niños ricos siempre se os pegan las sábanas.

Me hubiese gustado contestarle que me había despertado a las siete de la mañana pero que la molinera había estado colando a todas las mujeres que acudieron después de mí. Eso me hubiese gustado responderle, pero me callé.

Salió mi hogaza e interiormente celebré la pinta que tenía. Se notaba crujiente y llena de miga. Me felicité a mí misma por el esfuerzo, pero al llegar a casa fue otra historia.

—¿Sólo esta mierda? ¿Pero te das cuenta de todo el trigo que te has llevado?

—Déjala, José, que ha hecho lo que ha podido.

—La molinera me ha pedido más de lo que tú me dijiste.

—De molinero cambiarás, pero de ladrón no escaparás. Ya me sé el cuento. Y el panadero también ha cogido más, será cabrón. ¿Cómo vamos a pasar esta semana sólo con esto?

—Ya lo arreglaremos.

—¿Qué vamos a arreglar, José? A los sinvergüenzas no hay quien los arregle.

José se acercó hacía mí.

—No te preocupes, pequeña.

Al día siguiente me tocó ir a lavar y fue peor que el anterior. Las mujeres no se cortaban en hablar, y hablaban de nosotros. La ropa mojada pesa mucho. Demasiado para una niña como yo. Con las camisas me podía apañar, con los pantalones también, pero las sábanas era imposible. Nadie se prestó a ayudarme. Alguna hizo ademán de hablarme, pero enseguida le sacaban conversación por el otro lado y se giraba. La vuelta a casa era lo más difícil, casi imposible. La cesta de la ropa pesaba horrores y yo no podía hacer otra cosa que arrastrarla. Pronto tendría que cambiarla porque el mimbre comenzaba a raerse por los bordes.

Así pasábamos los días, haciendo lo que podíamos hasta que no pudimos más. Una mañana descubrí que la cesta pesaba más porque alguien me había metido piedras dentro. Otro día me habían dado todas las lentejas estropeadas. Otra persona se había tomado la molestia de separarlas una a una para colocarlas en mi bolsa de tela. Cada día me levantaba sin saber lo que iba a pasar y echando mucho de menos mi antigua vida.

Con el tiempo, mis días de ir al colegio se espaciaban más y más. En el curso siguiente ya no fui. Las mañanas me cundían y las tardes también. Ya me había hecho mayor, tan rápido como lo que tarda en cambiar una vida.

Una tarde, al pasar por la plaza el joven seminarista llamó mi atención:

—Dile a tu hermano que esta tarde iré a vuestra casa, que me espere a las siete, no le digáis nada a nadie.

No me imaginaba cuánto tenía que cambiar mi vida todavía. Si me hubiesen preguntado en ese instante podría haber pensado cualquier cosa menos lo que me esperaba. A comienzos de 1939 los periódicos ya anunciaban que el presidente Azaña había marchado a Francia y en verano ya había oído los tiros de los fusilados cerca de mi pueblo. En mi casa se hablaba poco y yo también había aprendido a no hacerlo. Precisamente por eso me enteraba de casi todo lo que pasaba a mi alrededor. Habían llegado nuevos guardias civiles con sus familias y recibían un trato más amable que el que yo recibía a diario. No lo entendía. Ellos llegaban a poner un orden innecesario, a cuestionar nuestras costumbres, nuestros actos.

La peor noche de mi vida tenía que llegar y llegó de la mano de mi hermano José.

—Me voy. Me marcho a Francia. Vosotros os quedáis aquí. En cuanto encuentre un trabajo y una casa bonita os llevaré conmigo.

—¿No podemos ir contigo ahora?

—No, Pilar, el camino es largo, complicado y peligroso. Es mejor que os quedéis. Tardaré en llegar quince días así que no os preocupéis, en un mes estaremos todos juntos en Francia. Tengo pensado llegar hasta Roncal y de allí hasta Tarbes.

Juan no hablaba, pero miraba con rabia la comida mientras la mareaba. Esa noche no cenamos ninguno y desde la cama me llegaban los gritos de su discusión.

—¡Huyes como los cobardes!

—Que me dejes, Juan.

—Si esos sinvergüenzas quieren lo nuestro lo tenemos que defender. Y tú no haces nada, te vas.

Intenté dormir, me tapé la cara con la almohada, la cabeza con la colcha. Pero ya era tan poquita cosa como lo había sido la lluvia de aquel verano.

José se fue sin despedirse y en el desayuno solo quedábamos dos. Al mismo tiempo que rellenaba el vaso de leche de mi hermano comenzó a llorar. Dejé el cazo sobre el mueble sin importarme el cerco que crearía en la madera y le abracé por detrás. Apoyé mi cabeza muy fuerte sobre su espalda y clavé mis manos en su pecho.

—Ven, siéntate, quiero que sepas todo.

—¿Qué pasa?

—Escucha, no sé si tendré fuerzas para repetírtelo.

Me senté en la silla que hasta ese momento había sido de José y escuché atentamente.

—Nos han quitado todo. Sigue siendo todo nuestro porque padre dejó las escrituras y los papeles que dicen que es nuestro pero ellos no lo reconocen. Los primos de padre no lo reconocen como su familia. Ni a nosotros tampoco. Ya no tenemos tíos ni primos. Por no tener, ya no tenemos ni hermano.

—Pero y la tía...

—Que no, Pilar, estamos solos tú y yo. Mira, piénsalo, ¿alguna tía te ha ayudado con las sábanas? Ya sé que no has dicho nada... pero nadie ha estado cerca cuando les hemos necesitado, nadie. Y a nosotros en el campo tampoco nos han ayudado, es más, todo lo contrario. Nos han ido a fastidiar todo lo que podían. Yo no lo entendía, pero ahora comprendo. Padre no era hijo de nuestro abuelo y ellos no lo han querido nunca y a nosotros tampoco. Querían su dinero, el nuestro. Por eso cuando él ha faltado nos ha faltado todo. Quieren hasta nuestra casa, todo. Son unos muertos de hambre, unos malnacidos. Y les sobramos. Solo quieren lo que es nuestro, no a nosotros. Entérate bien, Pilar, nos han quitado hasta a Lola. Yo creí que nunca se vendería, ¡que nos ha criado, coño! —Y dio un golpe tan fuerte sobre la mesa que levantó los vasos—. Joder, ¿cómo podemos tener tan mala suerte? Y encima éste se va y ¡hala!, que os zurzan. Ha huido como los cobardes.

—No digas eso.

—¿Cómo no voy a decirlo? Si es verdad. No sé lo que vamos a hacer, pero José no va a volver, ni nos va a mandar ninguna carta, ni nos va a llevar con él. Estamos solos. Solos y sin nada.

—Pero dijo que nos juntaríamos en Francia.

—Eres una inocente, madura de una vez. ¿No te das cuenta?

Me estaba pidiendo a mí, con diez años, que fuese madura. Él tenía trece, pero yo no podía creer que todo fuese así. Era demasiado. Viéndolo con el tiempo reconozco que tenía razón en todo lo que decía. Nadie nos había ayudado, ni una vecina, ni un familiar, nadie.

Volví a crecer de golpe, la realidad volvió a romper mi vida en mil pedazos en menos de lo cuesta beber el vaso de leche que aguardaba sobre la mesa. Esa mañana mi hermano se la pasó mirando en el escritorio de mi padre. Revolvió todos los papeles y consultó varios libros. Iba apartando los que le interesaban y a mitad de tarde ya tenía una pila de casi un palmo. No tenía idea de lo que estaba haciendo, pero a la hora de cenar volvió a cambiar mi vida. Ya podía contar con los dedos de una mano en cuántas ocasiones había cambiado.

—Nos vamos.

—¿Qué?

—Que nos vamos y yo te llevo conmigo. No digas nada a nadie. Pero el martes de madrugada salimos.

—¿Y dónde vamos?

—A todos los sitios y a ninguno.

La inconsciencia que dan los trece años puede ser mala, pero en ese momento no nos podía ir peor. Tenía una semana para despedirme de todo eso que hasta entonces era mío. Bajé hasta el río y me bañé. En el horno todo olía más que nunca y ese aroma de masa dorada de pan dulce recién salida del fuego se quedó en mi nariz para siempre, por siempre. Cuando llegué a casa fui directamente a la habitación de mis padres. Abrí su armario y pude descubrir a mi madre. Su perfume todavía estaba sobre el tocador. Nunca me dejaba usarlo, pero si estaba con ella esparcía un poquito sobre mi cuello. Siempre olía a Heno de Pravia. Tomé el tarro y me lo metí al bolsillo. Repasé lentamente cada una de las cosas que ya no serían nunca más ni de ella ni de mí. El espejo de mano, de plata y a juego con el cepillo. Con sus iniciales grabadas y las púas naturales. El pintalabios rojo de Bohemio con forma de bala dorada y que tan guapa le hacía. Todo estaba como lo había dejado. Cada cosa en su lugar. Aparte del perfume agarré también su pañuelo de verano, era liviano y abultaba poco. Lo metí en el fondo de un bolso que fui rellenando con mi ropa.

MARTA (II)

Una secretaria me recibió cuando llegué al lujoso edificio.

—El presidente le está esperando. Sígame.

La seguí hasta el ascensor. Nos bajamos en la última planta y me condujo hasta un despacho al final del pasillo. Llamó muy despacio. Abrió lentamente la puerta y, sin dejarme mirar, asomó su cabeza.

—La señorita Berna está aquí.

—Hágala pasar.

Entonces abrió la puerta completamente y me invitó a entrar.

—Buenos días, señorita Berna. —Extendió su mano y le correspondí el saludo—. ¿Desea un café? —preguntó mirando a la secretaria.

—No, gracias.

—Tome asiento.

Me miró con una sonrisa y abrió el primer cajón de su enorme escritorio. Pude ver a través de los grandes ventanales. Desde allí podría dirigir toda la ciudad. El paseo de la Castellana parecía una pequeña calle manejable. Desde allí se intuía todo el poder. Sacó un dosier limpiamente encuadernado y me lo acercó. «Aires de vida», así se titulaba.

—Ábralo, échele un vistazo.

Lo apoyé sobre el escritorio de cristal. Abrí la primera página y leí por encima. El hombre estaba en silencio esperando mi aprobación. Cincuenta chalets, campo de golf, establos, hípica, spa, hotel. Levanté la cabeza.

—¿Qué tiene que ver esto conmigo? Creo que se ha equivocado de persona. No soy arquitecta, ni paisajista, ni deportista...

—No, no... —Y se echó a reír—. Lo sé.

—¿Entonces?

—Para hacer realidad todo esto necesito su dehesa, la de su familia. Necesito todo. Las tres mil hectáreas.

—Tiene que haber una confusión.

Me vio tan segura que le hice dudar a él. Se rascó el poco pelo que le quedaba, se recolocó la corbata.

—A ver... ¿Es usted la nieta de Víctor Berna y de Pilar Partearroyo?

Asentí con la cabeza.

—¿Pilar Partearroyo, hija de Pascual Partearroyo y Amalia de Miguel?

—Sí.

—Pues no hay duda, las tres mil hectáreas de monte en Huerta de Saelices son suyas. Bueno... de su familia.

¿Y dónde está eso? Lo quise preguntar, pero no lo hice. ¿Tres mil hectáreas? ¿Cuánto era? ¿Y nuestro? ¿Por qué?

—Las quiero todas, ustedes ponen el precio. Queremos enfocarlo como un lugar de retiro, de tranquilidad. Es un lugar relativamente cerca de Madrid, un entorno bucólico. Y de eso buscamos mucho los que vivimos en esta estresante ciudad, créame.

Pues yo en esta estresante cuidad vivo bien. No tengo ningún interés en retirarme a ningún lado. No necesito un lago, ni un campo de golf, ni un río. Ya tengo cerca el Manzanares y sinceramente, para río prefiero la M-30, por muy foco de contaminación que sea. Todo esto pensé, pero me volví a quedar callada. El hombre creyó que estaba pensando en el precio.

—No se precipite, piénselo. Háblelo con la familia. En unos días nos pondremos de nuevo en contacto con ustedes.

Se levantó para despedirme y volvió a tenderme su mano. Yo como un autómata se la estreché. La secretaria me estaba esperando de nuevo en la puerta del despacho para acompañarme hasta la salida del edificio.

A primera hora del martes, fui al periódico a dejar mi columna. Algunas veces lo mandaba por *e-mail*, pero otras prefería acudir en persona. El texto que yo escribía salía todos los miércoles en la última página de un periódico de tirada nacional. Este trabajo me había llegado tras la publicación de mi segundo libro. Con el primero conseguí hacerme un hueco dentro del mundo literario, pero tras la publicación del segundo me di a conocer al gran público. Mucha gente conoce mi nombre, y también los títulos de mis libros, pero pocos son los que me ponen cara y me reconocen por la calle. A diferencia del trabajo de Berta, el mío dentro de ser público y para la gente, es más tranquilo. Cuando llegué a los veinte años a Madrid, me quedé impresionada con la feria del libro que se celebra en el parque del Retiro. Durante años siempre quise estar al otro lado del mostrador, poder firmar mis propios libros, pensé que algún día lo conseguiría. Mi segundo libro fue un éxito rotundo en varios países y tuve la posibilidad de hacer realidad este sueño. Firmé varios días, en varias casetas, y la verdad es que me di cuenta de que tenía muchos lectores y de lo importante que eran para mí cada uno. Desde mi primer día de feria comprendí que si quería seguir escribiendo necesitaba mimarlos mucho, quererlos, escucharlos y apreciarlos. El último libro lo escribí hace un año y todavía me llaman para ir a firmar a distintas ciudades, pequeñas capitales de provincias.

En el periódico estuve hablando con Jaime, corresponsal en Ciudad Sáder, un distrito chiita de Irak, estaba cubriendo la guerra. Jaime era un hombre muy atractivo, tenía unos cuarenta años, el pelo moreno con las sienes tintadas de un gris ceniza, los ojos de un color verde botella espectacular y una piel morena, bronceada por el sol iraquí durante los seis años que había estado allí. En Ciudad Sáder habían explotado tres coches bombas y el periódico había decidido que regresara de nuevo a España. Quedamos que nos llamaríamos un día para comer y ponernos al día de todo lo que había pasado en este tiempo. A Jaime lo conocí en la presentación de mi primer libro, se equivocó de sala y se quedó con nosotros toda la noche. Lo pasamos muy bien, entre copas y risas, y quedamos de vez en cuando, aunque desde que se fue a Irak no habíamos vuelto a hablar.

Saliendo del periódico recibí la llamada de Ana.

—¿Qué tal vas? ¿Dónde estás? —dijo sin darme tiempo a contestar—. Tengo una gran noticia.

—¿Qué noticia es esa? —contesté con tono alegre.

—Me han concedido el proyecto del museo, así que os invito a comer.

—Me alegro un montón —dije con una sonrisa similar a la que se me quedaba cuando me daban una buena noticia de la editorial—. En una hora llego, que estoy en el periódico.

Me daba miedo hablar con las chicas del regreso de Jaime. Tras la noche que pasamos juntos el día de la presentación, Ana había salido con él varias veces. Fue un tiempo antes de que lo destinaran corresponsal en Irak, a Ana no le había gustado que aceptara el traslado antes de hablarlo con ella y tras la marcha la relación entre ambos se había enfriado. Ella lo había pasado muy mal, sobre todo los primeros meses, cuando se oían noticias de bombas por todos los lados. Temía que le pasara algo, pero con los años todo se había olvidado, aunque yo estaba convencida de que Ana no había dejado de pensar en él.

Durante la comida celebramos el nuevo proyecto de Ana, nos pidió ideas y nosotras se las dimos. Siempre hacíamos lo mismo, todas ayudábamos en los trabajos de las demás, ellas opinaban sobre mis columnas, me decían lo que podía escribir y también me comentaban lo que escuchaban por la calle. A Berta le ayudábamos con los *castings* y los guiones, y a Lucía le dábamos nombres de posibles donantes de dinero para su causa. De eso principalmente se encarga Berta, ella está dentro de una industria que mueve millones de euros cada año, y yo no sé cómo lo hace, pero siempre convence a sus actores para que donen una cierta cantidad de dinero al proyecto de Lucía. Para eso estamos las amigas, dice siempre, para apoyar.

—¿Qué tal fue la reunión con el presidente?

—Alucinante, de verdad.

—¡Cuenta!

—Pues resulta que mi familia tiene una finca de tres mil hectáreas en no sé qué pueblo de Guadalajara.

—¿Y cuánto es eso?

—Pues tres mil campos de fútbol más o menos.

—¿Tres mil?

—Eso dijo.

—¿En Guadalajara?

—Tal cual. Así me quedé yo. De todas formas, tiene que ser un error, que mis abuelos han sido de su pueblo de toda la vida. Nada que ver con ningún otro lugar.

—¿Por qué no le preguntas a tu padre?

—Quiero investigar antes por mi cuenta, total, la semana que viene me voy allí. Le preguntaré a mi tía Josefina, seguro que ella sabe.

El mes de mayo acababa, y estaba terminando el segundo capítulo de mi cuarto libro cuando me di cuenta de que me faltaban dos días para irme y no había llamado a Josefina. Tras poner el punto final al texto, cerré la tapa del ordenador y sin moverme de la silla cogí el teléfono para llamarla.

—¿Dígame? —contestó con la voz más alegre de lo normal.

Desde que yo tenía uso de razón, nunca había visto a la tía muy alegre. Siempre lo notaba y lo hablaba con la abuela Pilar, ella me contestaba que tenía un muerto pegado a su alma. Era pequeña para entender esa respuesta, pero callaba y sentía tristeza por ella.

—Tía, soy Marta.

—Hola, amante, ¿qué tal estás?

—Muy bien, ¿y tú? —pregunté sabiendo cuál iba a ser la respuesta.

—Con los huesos, hija, pero voy tirando...

—Tía, que el sábado iré para arreglar lo de la abuela, pero no te preocupes por nada que me quedaré a dormir en su casa y me llevaré comida para varios días.

Era inútil que le dijera que no se preocupara, y lo sabía. Éramos la única familia que tenía, y siempre se ocupaba y preocupaba por todos nosotros.

—De eso nada, hija, si quieres dormir en casa de tu abuela, de acuerdo, pero lo de la comida no, eso sí que no, la comida la hago yo y comemos juntas, que si no te vas a quedar en los huesos.

Sonreí al ver que no tenía alternativa y me di por vencida.

—Vale, comer, comeré contigo, pero a comprar te acompañaré yo cuando llegue.

Sabía que era imposible convencerla de lo contrario y por eso había accedido.

—Está bien, hija, espero pues a que llegues.

El viaje hasta el pueblo fue bastante bien, saliendo de Madrid el cielo estaba nublado y a mitad de camino comenzó a llover. No sé por qué pero siempre que llueve canto por dentro y a veces también por fuera, me pasé todo el camino recordando y cantando las canciones que la abuela me cantaba todos los veranos cuando la visitaba.

Yo te diré por qué mi canción
te llama sin cesar.
Me falta tu risa,
me faltan tus besos,
me falta tu despertar.

Mi sangre latiendo,
mi vida pidiendo
que no te alejes más...

Esta era mi canción favorita de todas las que cantaba, todavía podía recordarla cantando en voz muy baja mientras hacía la comida, lavaba la ropa o planchaba. Yo la miraba escondida detrás de la puerta. Cuando cantaba, lo hacía susurrando y casi siempre se le escapaba alguna lágrima. En esos momentos, a mí me hubiera gustado salir de mi escondite y decirle que la quería mucho, pero nunca salí, aunque estoy segura que ella lo sabía.

El pueblo estaba muy bonito, los árboles alineados a ambos lados de la carretera marcaban la entrada, todo estaba muy verde, tanto como lo están los paisajes de los lugares donde llueve mucho. Fui con el coche hasta la casa, estaba céntrica y la calle contigua anunciaba el inicio del camino del río, aparqué el coche en la puerta, cogí la maleta y entré.

El olor me transportó a mis diez años, olía a melocotón, esos melocotones que la abuela recogía del árbol de la entrada y que después cortaba para hacerlos en almíbar o en mermelada. Estaba todo muy limpio, se notaba que había pasado por allí Josefina. Subí a la parte de arriba, todo el interior era de madera, una madera oscura y vieja que crujía al pisar, y el exterior de piedra.

Todo estaba igual que en mi niñez. Había sábanas limpias en dos camas, en la habitación de la abuela y en la que yo solía dormir siempre. Prefería dormir en la habitación de la abuela para sentirme más cerca de ella. Dejé la maleta al lado del baúl, a los pies de cama, y me senté. Cerré los ojos. Los abrí. Y recorrí toda la habitación. La cama estaba en el centro, la cómoda a la derecha y el armario a la izquierda. En la pared, sobre la cómoda, había un espejo y junto a él, una ventana desde la que se podía observar toda la plaza y al fondo el valle por donde pasaba el río. El baúl que estaba en los pies de la cama siempre me había inquietado. Cuando era pequeña y preguntaba a la abuela qué guardaba ahí, siempre me contestaba que nostalgias del pasado. Cerré los ojos, los volví a abrir, me levanté y fui a visitar a Josefina.

Vivía a la entrada del camino viejo, en una casa muy pequeña de una sola planta y construida en piedra. Siempre había vivido sola porque no le había dado tiempo a tener hijos. El tío Javier, su marido, había muerto prematuramente.

Empujé la puerta de la casa y entré. Una de las cosas que más me gusta de los pueblos es que las puertas nunca están cerradas, da igual quien pueda entrar, todos son parientes o conocidos.

—Tía, soy Marta, ¿estás en casa? —dije en un tono de voz más alto que el habitual. Pero no contestó nadie y volví a repetir la misma pregunta—. Tía, soy Marta, ¿estás en casa?

—Marta, hija, estoy en la habitación. Entra, amante.

Estaba sentada sobre su cama poniéndose los zapatos. Le di un fuerte abrazo al que ella correspondió.

—¿Qué tal el viaje? ¿Has estado ya en casa de tu abuela?

—Sí, tía, pero no hacía falta que hicieras las dos camas.

Sonrió, eran pocas las veces que la había visto sonreír, pero tenía una gran sonrisa.

—No sabía en qué cama preferirías dormir así que hice las dos para que tú elijas.

—Gracias por molestarte. ¿Vamos a la tienda? Así te ayudo a traer las bolsas.

—Sí, hija, porque estos huesos me están matando, cada vez me cuesta más ir a cualquier sitio.

La esperé en la entrada de la casa. Era una mujer muy delgada y pequeña, más mayor que la abuela. Siempre la había visto vestida de negro y con el pelo moreno recogido en un moño bajo. Ahora tenía el pelo muy blanco, pero seguía llevando moño y vistiendo de negro. Cuando salió me agarró del brazo y fuimos por la calle empedrada hacia la pequeña tienda de ultramarinos, la única que había.

Al regreso, ayudé a pelar las patatas para la comida. Mientras yo retiraba las mondas, ella se ocupaba del pescado.

—¿Quiénes eran los señores que estaban en el entierro de la abuela?

—¿Quiénes? —contestó sin mirarme.

—Unos mayores, de tu edad o un poco más, uno con barba muy larga y el otro más corta, los dos con bastón.

—¡Ah! —volvió a sonreír, eso era más de lo que había visto nunca, que sonriera dos veces en tan poco tiempo—. Son Pierre y Liam, vinieron al pueblo hace un par de años de vacaciones y les gustó tanto que volvieron para quedarse, son franceses.

No dio más explicaciones y tampoco se las pedí. Tras la comida regresé a casa de la abuela, me puse un calzado más cómodo y fui hasta el río, paseé por la orilla y recordé cuando iba con Pablo a pescar al pequeño embarcadero. Ahora el embarcadero ya no estaba, no había tanta agua como para poder remar. Crucé el río y bajé por el camino rodeado de pinares hasta la ermita del agua, una pequeña construcción de piedra del siglo XI donde la gente del pueblo iba para pedir al de arriba que lloviera para regar los campos del cultivo que se encontraban en la parte baja del pueblo. Esto había sido una tradición durante muchos siglos, pero en los últimos años el fervor había decaído. La ermita me trajo el recuerdo de mis padres, allí se habían dado su primer beso, allí había empezado su historia común.

Tras el paseo llegué a casa de la abuela. Me di una ducha que me reconfortó y, con la toalla enrollada por encima del pecho, fui a la habitación y llamé a Berta.

—¿Qué tal ha ido el día?

—Bien, hemos estado comiendo y el café he ido a tomarlo a casa de Lola Hernández, para ofrecerle el papel. Una mujer muy simpática, hemos quedado que leería el guion y su representante se pondría en contacto con nosotros.

Realmente estos asuntos los debería llevar la productora de la película y yo lo sabía, pero Berta prefería ponerse en contacto ella misma con los actores, para conocerlos mejor y así rodar después más fácilmente.

—¿Qué tal por casa de la abuela? —preguntó Berta.

—Muy bien, todo paz y tranquilidad, pero todavía no he empezado a hacer nada, he comido con mi tía y por la tarde he ido hasta el río. Me he dado una ducha y me sentía sola así que te he llamado deseando que estuvieras con las chicas.

—Oh, cariño, las chicas se han ido de compras, Ana estaba invitada a una nueva tienda de decoración y Lucía la ha acompañado.

—Bueno, no importa, me alegro de hablar contigo.

—Mañana les digo que has llamado, se pondrán contentas de saber que estás bien.

Tras colgar, me quedé un rato mirando el teléfono. Me sentía sola, pero por suerte en la tienda de ultramarinos había comprado helado, así que fui a la cocina, lo cogí y me lo comí viendo la tele.

Me desperté porque alguien estaba llamando a la puerta. El despertador marcaba las diez. No me lo podía creer, no dormía tantas horas seguidas desde que era una niña. Me puse las chanclas y bajé hasta la puerta. Un chico joven, al que yo no había visto nunca, me entregó una caja cuadrada, muy bien envuelta en papel marrón, le firmé donde me indicó y se marchó con un «buenos días».

Fui hacia la cocina y mientras se calentaba el agua del café abrí el paquete. Llevaba una nota que decía:

Ahora podrás conectarte a internet desde cualquier parte y estar en contacto con nosotras. Así no te sentirás sola.

Te quiere

Berta

Berta sabía que siempre que salía de casa más de dos días me llevaba el portátil, así que me enviaba una pincho USB de internet sin cables. La verdad es que me venía muy bien para poder mandar la próxima columna al periódico. Eso me recordó que tenía que escribirla, pero lo haría más tarde.

Desayuné, me vestí y fui paseando hasta casa de la tía, pero no estaba. Una vecina me informó de que había ido a comprar el pan. Fui despacio hasta el horno y en el camino me encontré con los dos hombres franceses, les saludé y ellos me devolvieron el saludo.

Josefina ya venía de regreso.

—Amante, ¡qué bien te veo! ¿Has podido descansar? —me preguntó mientras me cogía del brazo y comenzábamos la vuelta a su casa.

—Sí, muy bien, me ha despertado el cartero, me traía un paquete. Oye, ese chico no es de aquí, ¿verdad?

—No, pero se encarga de traernos las cartas todos los días, es buen chaval y muy trabajador.

Yo me reí.

«Este pueblo será siempre igual» pensé moviendo la cabeza, pero seguimos hablando hasta llegar. Comimos pronto para que pudiera volver y comenzar el trabajo que, al fin y al cabo, era para lo que había ido allí.

Ya en casa de la abuela Pilar, me puse ropa vieja, una camiseta, unos vaqueros con unas zapatillas Victoria y una coleta. Quería comenzar por la habitación principal, al abrir el armario, vi toda la ropa de la abuela cuidadosamente colgada, no pude tocarla, lo cerré. Sentada sobre la cama, cerré los ojos, la recordaba con cada uno de esos vestidos, los más nuevos eran los más alegres, pero todos le sentaban muy bien. La recordé el día de la boda de Miguel con el vestido rojo, el día del bautizo de Lidia con el azul o el día de la presentación de mi último libro con el blanco. La abuela siempre había vestido muy bien, era delgada y alta, a pesar de sus años se encontraba en buena forma, estupenda, mucho mejor que mi madre, incluso mejor que yo. Abrí los ojos, volví a abrir el armario, eché una ojeada a toda la ropa hasta que vi el vestido negro en un rincón. Era mi favorito, el que siempre pedía a la abuela para ir al baile de las fiestas y ella nunca me dejaba, el único que no me dejaba, era el vestido de su boda, el de la boda con el abuelo Víctor. Lo cogí y me lo puse, no pude evitar llorar, lloraba por la abuela y lloraba por el abuelo, por la vida que habían llevado, y lo mal que lo habían pasado. Cerré el armario y continué un largo rato llorando sobre la cama y con el vestido puesto. Me quedé dormida y me desperté, al poco rato, con el sonido del móvil, Berta me llamaba.

Había amanecido un día soleado, como los de mi infancia. Tras desayunar y echar un vistazo a mi correo electrónico gracias al maravilloso regalo, estaba dándome una ducha, cuando escuché un frenazo de coche. Salí rápidamente del baño, fui a la habitación de la abuela y miré por la ventana. Vi el gran BMW de Ana y, descendiendo de él, una chica alta y rubia con una mini falda ceñidísima y tacones muy altos. Era Berta. Al mismo tiempo pude distinguir a Ana con vaqueros sacando una bolsa del asiento trasero de coche y a Lucía con pantalón y botas de montaña sacando una maleta. Con la toalla puesta bajé muy deprisa las escaleras y abrí la puerta, Berta me dio un abrazo.

—Venimos a verte —dijo mientras me abrazaba.

Tras ella venían Ana y Lucía con varias bolsas cada una.

Abracé a las dos y entramos en la cocina. Desayunamos otra vez mientras Ana nos contaba.

—¿Os acordáis del periodista que se nos acopló el día de la presentación? —Respondimos que sí, todas sabíamos que después de esa noche habían salido en más ocasiones, pero ninguna dijimos nada. Ana continuaba hablando—. Pues me llamó para ir a cenar y fue tan pesado que no pude negarme, así que fuimos ayer.

—¿Y qué tal? —preguntó Berta, aunque la curiosidad de las tres aumentaba por momentos.

—Pues bien, cenamos en Alduccio, el de al lado del Bernabéu, y después fuimos a dar un paseo. Me dijo que quiere intentar algo conmigo. Que durante todo este tiempo que no nos hemos visto me ha echado de menos, que…

Lucía le interrumpió:

—¿Y qué le has dicho?

—Deberías pensarlo, es un chico muy majo —dije sabiendo que Ana quería oírlo.

—Además, ahora no sé, pero hace unos años estaba de muy buen ver —dijo Berta con una sonrisa sarcástica.

Ana miró a Lucía para ver lo que ella opinaba y pensaba exactamente lo mismo que nosotras.

Tras el desayuno y la charla, les enseñé la casa, tenía tres habitaciones, la principal y dos más. En un principio, la casa sólo tenía dos habitaciones, la de la abuela y la de papá. Pero cuando los nietos empezamos a ir para las vacaciones, la abuela decidió dividir la habitación de papá para que las chicas tuviéramos una habitación y los chicos otra. Así que sobraban cuatro camas. Finalizado el reparto de habitaciones, fuimos a dar una vuelta por el pueblo.

Al empezar el verano habían llegado varios niños para pasarlo con sus abuelos, estaban en la plaza del ayuntamiento con las bicicletas y jugando al fútbol.

Una de las niñas con bicicleta nos miró muy fijamente. La verdad es que era difícil pasar inadvertidas con el modelo que había elegido Berta para ir a un pueblo de poco más de doscientos habitantes.

La niña susurró al oído de otra más mayor, mientras advertía a Berta que la habían reconocido.

—Tú tranquila, guapa, no me van a matar —me susurró al oído.

La niña mayor se acercó a nosotras, mirando sólo a Berta.

—Hola —saludó la niña. Le costaba hablar, pero finalmente dijo—: ¿Tú eres Berta Bardají?

—Sí, soy yo. ¿Estás de vacaciones?

—Sí, acabé el colegio la semana pasada y he venido a pasar el mes con mis abuelos. Me gustaría hacerme una foto contigo, pero no tengo cámara.

—No importa —dijo Berta—. Yo voy a estar varios días por aquí. Vivo en la casa de la esquina de la plaza junto al camino del río. Cuando quieras vienes a visitarme y nos la hacemos.

Berta se había arrodillado para ponerse a la altura de la niña.

—Vale —dijo la niña sonriendo y se fue corriendo.

Era increíble, nunca la había visto tan amable con una niña que no tendría más de siete u ocho años.

—¿Y esa vena niñera? ¿De dónde la has sacado? —preguntó Ana mientras se reía y reíamos todas.

Berta siempre miraba a los niños de lejos, no le gustaban demasiado.

—Una, que la tiene y la saca cuando menos os lo esperáis.

A Berta le había gustado esa niña tan vivaz, que no había dudado en ir a hablar con ella. Adoraba a la gente directa y sin dobleces.

Fuimos a ver a Josefina y le presenté a las chicas. Nos mandó a comprar más pan y dio por hecho que comeríamos en su casa.

Después de comer la invitamos a tomar un café en el bar de la plaza, estábamos sentadas en las mesas de la calle, cuando apareció la niña de la mañana. Y se dirigió a Berta.

—Hola —le tendió la mano y ella la apretó—. He hablado por teléfono con mi padre para que me traiga la cámara, mis abuelos no tienen, así que cuando venga voy a tu casa y nos la hacemos. ¿Vale?

—¡Vale! —contestó Berta.

PILAR (II)

Tuvimos suerte esa mañana. Era la primera vez que la teníamos en mucho tiempo. Era muy temprano, pero sabíamos que no nos llovería ese día. Había preparado mi bolsa con mucho esmero, poca ropa, una pequeña manta, algo de comida y el pañuelo de mi madre. Empezaba a salir el sol al mismo tiempo que nosotros comenzábamos a caminar. Me dio mucha pena no poder despedirme de doña Angelita o de Rosario. Sabía que me echaría de menos en los recreos de la escuela y los domingos por la mañana después de misa. Pero mi amiga era fuerte y saldría adelante con menos esfuerzo que yo. En ese instante no tenía idea de lo que iba a pasar. Ni siquiera sabía dónde dormiría esa noche. Lo único que sabía era que mi hermano no me dejaría sola y que junto a él estaría bien. No sabía si llegaríamos a nuestro destino, nosotros no teníamos destino. Éramos niños sin ninguna posesión. Vagabundos. Solo nos teníamos el uno al otro, y nuestros recuerdos. Porque nadie me quitaría nunca el olor de mi madre, ni los cuentos de mi padre, ni las recetas de Lola, ni los juegos con Rosario... Todo eso me pertenecía y vendría conmigo siempre. Porque la memoria no se puede soltar en una esquina, no te la puedes descolgar del hombro y seguir como si nada. Te acompaña y yo deseaba que estuviera junto a mí todos los días, todas las horas, todos los minutos. No quería olvidar nada. Tampoco lo malo. Mi vida se había formado así, sin mucha suerte, pero me tendría que sobreponer. Cuando el sol comenzaba a calentar nos adentramos en los pinares. Llevábamos más de tres horas caminando y me hubiese gustado protestar y sentarme, pero no debía hacerlo. Juan me cuidaba y cada cierto tiempo se volvía para mirarme, me hacía alguna pregunta corta a la que yo contestaba de forma clara y concisa, sí, no, está bien, y regresaba a mirar al frente.

A media mañana llegamos a Riba de Saelices y rodeamos el pueblo para dejarlo a un costado y seguir adelante. Ya empezaban a dolerme los pies pero no quería quejarme, no podía permitir que Juan pensara que había hecho mal en llevarme con él. No quería que se arrepintiese, así que decidí pensar en otra cosa y olvidarme de mis pies. No lo conseguí, pero continué callada. Seguimos andando por tres horas más hasta que llegamos a Ciruelos del Pinar. Allí junto al puente sobre el río paramos por primera vez a descansar. No podría decir cuántas horas llevábamos andando, pero para una niña como yo eran demasiadas. Nos sentamos alejados del camino, todavía alguien podía reconocernos, porque ya estábamos lejos pero no lo suficiente. Abrí el bolso que me había estado pesando toda la mañana y saqué dos trozos de pan con tortilla envueltos en periódicos. Le di uno a Juan mientras esperaba que él encontrase la cantimplora. Empezó sacando dos camisas que dejó en el suelo hechas un embrollo. Metió su brazo hasta el fondo, y seguía sin encontrarla. Sacó un cartapacio y yo me pregunté en silencio para qué querría eso.

—No me mires así. Todo esto es nuestro, aunque no lo tengamos, aunque no lo podamos cultivar, aunque no podamos vivir en nuestra casa. Padre me dijo que los conservara, que serían nuestros siempre mientras estos documentos siguieran con nosotros. Que no nos dejáramos vencer, todo eso me dijo. Por eso los he traído. Porque es lo nuestro.

Llevar todas las escrituras con él le hacía pensar que no nos íbamos del todo. Que nos acompañaban los nuestros. Que nuestro padre seguía vivo junto a nosotros y nuestra madre seguiría protegiéndonos. Yo no notaba tal protección. Para mí todos esos papeles no significaban nada. No era consciente del trabajo que habían realizado nuestros abuelos para conservar todo aquel patrimonio que ya no era nuestro. Aquellos papeles no decían nada. No servían para nada. Porque yo no volvería a jugar con Rosario, ni mi madre volvería a acoplar cuidadosamente el abrigo sobre mis hombros para que no cogiese frío. Estábamos solos en aquel pinar, solos junto a un río, solos frente a un futuro incierto. Aquellos documentos solamente podían indicar lo que habíamos sido en un pasado que ya nunca volvería. No quería pensar porque la memoria, a veces, duele. Juan pretendía ser más fuerte de lo que realmente era. Pero ahora era el cabeza de familia y debía ser firme. No quería que yo cayese y no quería caer él. Su fuerza estaba en la mía.

La tortilla me supo a gloria, era la mejor tortilla que había hecho en mi vida, jugosa, sin patatas, pero con un buen aceite que se había extendido ablandando un pan que de otra forma ya hubiese estado duro. El agua de aquella cantimplora seguía siendo la nuestra.

Cuando las personas viajamos nos damos cuenta del valor que tiene el agua. El placer de reconocer la nuestra al regreso a casa no tiene precio. El valor añadido de poder beber directamente del grifo no siempre es valorado como debiera. Yo reconocería el sabor del agua de mi pueblo en cualquier lugar. Porque no es verdad que no tenga sabor. Hay aguas que saben a mineral, a río, a montaña. Por eso aquellos sorbos a esa única cantimplora se me hicieron pocos. Después de aquel camino nunca más la volví a probar. Pero siempre la hubiera reconocido.

Tras el almuerzo volvimos a emprender la marcha. Seguimos un tiempo al lado del cauce del río para separarnos después y por siempre. Aquel río que me había dado tantas alegrías como malos momentos. Tampoco me olvidaría nunca de él. El camino se hacía cada vez más pesado. Y me pesaban los zapatos y el bolso, y hasta la cabeza. Pero no quería detener aquella marcha. No quería quedarme atrás así que continué callada hasta mitad de tarde.

Llegando a Maranchón sólo quería quitarme los zapatos.

—Ven por aquí.

Juan llevaba sin hablar horas, supongo que estuvo toda la tarde dando vueltas a su cabeza pensando dónde íbamos a dormir aquella noche.

Me dio la mano y me ayudó a alzarme sobre un pequeño montículo de tierra al lado de las eras de aquel pueblo. El sol había bajado y comenzaba a hacer frío. El dejar de caminar también ayudaba a que nuestra temperatura corporal bajase. Desde la altura podíamos observar todo el pueblo.

—¡Mira! Allí hay una señora.

Llevaba las puntas del delantal agarradas sobre su estómago. El blanco de aquella tela destacaba con el negro total de su vestimenta. Ella no se percató de nosotros, estábamos lejos. Mientras se peleaba con una puerta de madera baja y gruesa, hacía malabarismos para que no le cayera lo que sujetaba con el delantal. Desapareció de nuestra vista y volvió en unos minutos. El delantal ya descansaba moviéndose a su antojo sobre sus piernas. Se fue alejando poco a poco calle abajo.

—No tiene llave. ¡Vamos!

Me dio la mano muy fuerte y no me la soltó hasta que estábamos frente a aquella puerta. Con menos dificultad de lo que habíamos observado antes Juan la abrió y me dejó pasar primero.

Un cerdo con mala cara nos miraba y se movía de forma muy brusca, de un salto me puse detrás de mi hermano. Era el único que me podía proteger de un mordisco de aquel animal. Siempre me habían dado miedo y nunca había visto ninguno tan grande como aquel.

—Tranquila, que no nos hará nada.

No hubiera podido tranquilizarme, aunque hubiera hecho un esfuerzo. Estando en aquel establo ya no sentía tanto frío. Juan apartó cuidadosamente mis manos de su espalda y comenzó a disponer la paja para acomodarnos. Puso un gran fajo junto a la pared, me senté sobre él y me quité los zapatos. Llevaba horas queriendo hacer eso. Me quité los leotardos y dejé al aire mis pies. Moví los dedos en todas las direcciones posibles y las zonas enrojecidas comenzaron a hincharse.

—Pero ¿qué llevas ahí?

Juan se acercó a mis pies y comenzó a tocarlos con cuidado.

—Ven conmigo. —Me llevó hasta el abrevadero del cerdo y me levantó—. Mételos ahí dentro un rato.

Abrió mi bolso y sacó dos manzanas para cada uno. Las paredes eran de piedras dispuestas sin un orden aparente, el techo dejaba ver los cañizos, una pequeña ventana en la parte superior nos daba muestras de la llegada de la noche. Nuestro compañero había dejado de moverse, pero seguía haciendo ruidos fuertes.

Tras salir del remojo mis pies parecían volver a la normalidad, me tumbé entre la pared y mi hermano e intenté dormir, sin conseguirlo. La noche se hizo más larga que el día y no pude dejar de pensar dónde dormiríamos la noche siguiente.

La ventana empezó a comunicar el nuevo día al interior y Juan se despertó como si supiera la hora exacta que era. Nos comimos las últimas manzanas que quedaban en el bolso y seguimos andando. Noté cómo las ampollas iban explotando a cada paso que daba. Los pies me dolían cada vez más pero no dije ni media palabra. Aunque el día que se dibujaba despacio ante nuestros ojos era más frío que el anterior, el sol seguía simulando ante nosotros una oportunidad. Me alegraba pensar que nos deparaba algo bueno, pero mi cansancio insistía en llevar la contraria a mi imaginación.

Dejamos atrás Codes a mitad de la mañana y llegamos a la hora de comer a Iruecha. Habíamos cambiado de provincia y no nos habíamos dado cuenta. El sol calentaba un poco más y paramos unos metros pasado el pueblo. El cansancio hizo que me desplomara sobre el suelo y cerrara los ojos. Juan se preocupó mucho.

—Duerme un rato, luego continuamos. ¿Quieres comer algo?

Poco quedaba ya en aquel bolso. Un puñado de almendras que mi hermano se llevó a la boca de una sola vez. Yo solo quería llegar adonde fuéramos. Me daba igual el lugar, me daba igual con quién, solo me importaba llegar. No puedo decir cuánto dormí sobre aquella hierba. El sol seguía con fuerza sobre nosotros. El llanto de Juan detrás de una roca hizo que me despertase. No me atreví a ir hasta él. No me atreví a decir nada. Pero adiviné que él tampoco sabía dónde íbamos. Cuando separó la cara de sus rodillas me vio. Se limpió las lágrimas con los puños de su chaqueta y se puso en pie más fuerte que nunca.

Emprendimos la marcha. Me dolía más el alma que los pies. Y volvimos a cruzar a la siguiente provincia. Cuando la luna aparecía avergonzada en mitad del cielo nosotros ya estábamos en Aragón.

En Sisamón y cerca de Cañada de los Arenales entramos en una paridera. Esta vez no tuve miedo porque las ovejas son infinitamente más mansas que los cerdos. Mis pies estaban mucho peor que la noche anterior y repetí la operación de meterlos en agua. Pude jugar un rato con los corderillos mientras mi hermano ordeñaba lo suficiente para tener un vaso de leche caliente antes de dormir. Esa noche soñé y me recuerdo en un prado verde, inmenso, en paz.

Antes de marcharnos de allí, volvimos a exprimir leche y saliendo del pueblo, ya a las afueras, descubrimos un gallinero.

—Espérame aquí, enseguida vuelvo.

Tuve miedo al quedarme sola, tuve miedo de que no regresara y me dejase allí. Lo vi trepar sobre un montón de piedras y desaparecer al otro lado. Aguardé paradita en el sitio y respiré aliviada cuando apareció de nuevo.

—Abre el bolso.

Y depositó con cuidado cuatro huevos aún calientes.

—Ya tenemos comida —dijo victorioso.

El camino se abría ante nosotros sin un solo árbol. Grandes llanuras de hierbas secas nos acompañaron durante horas. Me cansaba. Me aburría. Me cansaba y me aburría a partes iguales. Me seguían doliendo los pies y seguía callada. Si hablando hubiese aportado algo, lo habría hecho. No serviría para nada. Llevábamos dos días sin parar de caminar y Juan no parecía notarlo. Ahora, con el pasar de los años, ya no estoy segura de que supiera dónde íbamos. Estoy segura que él quería llegar a Francia. Pero cuando estábamos cerca de Godojos, mi cabeza comenzó a dar vueltas como nunca lo había hecho.

—Juan, ¿podemos parar? Creo que me estoy mareando...

El siguiente recuerdo que tengo es despertarme en un cruce de caminos junto a un gran arbusto. Miré hacia todas partes antes de levantarme. Busqué a mi hermano con la mirada y no lo encontré. Me ha dejado. Me ha dejado y se ha ido. No supe hacer otra cosa que llorar. ¿Qué voy a hacer yo sola en medio de este desierto? Por qué se ha tenido que marchar. La culpa es mía por desvanecerme. ¿Por qué me he tenido que desmayar? ¿Qué hago yo ahora? Pensé quedarme ahí. No sabía con certeza si habíamos llegado por la derecha o por la izquierda. Quedaba poco para que el sol se fuera y no sabía por dónde tirar. Las lágrimas llegaron a mis ojos en cascada. Se agolpaban unas a otras queriendo salir. Salieron con decisión y no pararon. Aunque hubiese querido pararlas no habría podido. Eran más fuertes que mi propia voluntad. No conseguía nada empapando los puños de mi vestido con ellas. Me sentía pesada. Estaba sucia. Estaba cansada. No era vida todo aquello. Y si hubiese muerto en aquel instante no me habría importado. La muerte sería un alivio. Un encuentro con mis padres. Cerré los ojos despacio, el viento movía mi pelo suavemente, vi a mi madre cepillándomelo despacio, con delicadeza, besándome la cabeza de vez en cuando. Seguía llorando y ella me acompañaba. Todo irá bien, parecía decirme mientras acercaba el cepillo de nuevo. No llores, hija mía...

—Pilar... Despierta, Pilar...

—Juan.

Me acariciaba el pelo. Abrí los ojos despacio y el cielo ya se había vuelto oscuro.

—Por fin buenas noticias. Pero tienes que hacer un último esfuerzo.

Las buenas noticias eran que había encontrado trabajo en uno de los balnearios de Alhama. Trabajaría como mozo cargando y descargando coches. A cambio nos darían una habitación y la comida.

—Pero tenemos que llegar hasta allí. ¿Podrás?

Aunque no hubiese podido, no habría importado. Estábamos a hora y media escasa. No podíamos esperar al día siguiente porque Juan debía comenzar su trabajo. Me cargó gran parte del camino. Lo hizo con más ganas de las que le había visto nunca.

—Estaremos bien, ya verás qué bonito es todo eso. Hay un lago. Te encantará, estoy seguro.

Cuando llegamos, apenas dos luces con escasa potencia nos dieron la bienvenida. Subimos los cuatro escalones que separaban la calle de la recepción. Era amplio, estaba todo reluciente, y el mozo de la entrada ya nos esperaba. Alguien que nos daba la bienvenida. No habíamos tenido en mucho tiempo una acogida tan buena. El chico sonreía todo el rato, acostumbrado como estaba a hacerlo continuamente. Era alto, bien plantado.

—Esperad aquí, que llamo a Carmen.

Carmen llegó con paso ligero y con la misma sonrisa que el chico anterior. Sus labios dibujaban una media luna superior a la que nos había acompañado en el camino. Resplandecía mucho más. Inspiraba más cercanía.

—Acompañadme.

La seguimos por pasillos infinitos cubiertos de azulejos.

—Mañana comenzamos a primera hora, Juan. Necesitamos que estés en la puerta principal pendiente de las necesidades de nuestros clientes. Necesitamos que seas educado, que no hables si no te preguntan y que des siempre las gracias. La niña no debe pasearse por las zonas de los clientes si no queréis tener problemas. Los desayunos y las comidas las tenéis después de los huéspedes, en el salón que está detrás de la cocina. Intenta asearte, tienes un baño al final del pasillo, en la última puerta. No tenemos mucho sitio, pero aquí estaréis bien.

Llegamos a una puerta pintada de blanco y cuando la abrió, respiré. La habitación no era muy grande, pero suficiente. Dos camas, una a cada lado de la pared, separadas por una mesita de madera con un cajón. Dos baldas a cada lado de la puerta y un lavabo. Sobre las camas había una manta y una toalla para cada uno. Era más de lo que yo podía esperar en aquellos momentos. Nos dejó solos y nos tiramos sobre las camas como si nunca hubiésemos visto una. Las sábanas estaban tan blancas que me moví con cuidado para no manchar nada. Aún estábamos celebrando todo aquello cuando sonó la puerta. Carmen nos trajo una bandeja con dos tortillas francesas, dos trozos de pan y dos albaricoques para cada uno. Aquel simple huevo batido me sentó como nunca antes me había sentado una cena.

—Come despacio, que te va a sentar mal.

Era imposible que me sentara mal aquella maravillosa tortilla. Llevábamos dos días sin comer caliente, sin comer prácticamente. Cuando acabamos de cenar, a las doce de la noche, abrí el grifo del lavabo. Lo llené hasta la mitad y me quité los leotardos. Estaban tan negros que no se distinguían los bordados. Juan dormía profundamente. Me quité el vestido y me puse el camisón para seguir restregando aquellos leotardos. Me costó lavar la sangre seca en el tejido. Los numerosos roces de mis pies se podían contar en el algodón. No me detuve a ello, vacié el lavabo y lo llené de nuevo con agua limpia, que se volvió a teñir al meter el vestido. Me lavé el cuello y los brazos, también las piernas. Cuando acabé la tarea me desplomé sobre la cama como un peso muerto.

Al despertarme tuve que pensar unos segundos dónde estaba. Juan había dejado su cama sin hacer. Hice la suya y la mía, abrí la pequeña ventana que daba al cuarto de las calderas y apilé los platos de la cena sobre la bandeja. Me puse el vestido, todavía húmedo, y salí de la habitación a buscar la cocina. Los pasillos me parecieron mucho más largos que la noche anterior. Llegué hasta una puerta doble con pequeñas ventanas en la parte superior, dudé antes de empujarla pero me pareció que podría desembocar en lo que andaba buscando. Abrí despacio con la incertidumbre que te dan las puertas que no son tuyas, las puertas que no son de tu casa, las puertas de un lugar que no conoces ni te conocen a ti. Sonreí al descubrir que había conseguido mi objetivo. Una señora se afanaba en remover la cazuela más grande que yo había visto nunca y una chica más joven fregaba tazones sin pestañear.

—¿Y tú? ¿Qué haces aquí? —La más mayor había hablado primero sin dejar de lado el enorme cucharon de madera.

—Soy Pilar, hermana de Juan. Traigo... —Bajé la cabeza para mostrar la bandeja.

—Ah, sí, ya hemos conocido a tu hermano.

Dejó lo que estaba haciendo y tomó lo que quedaba de nuestra cena del día anterior. La puso en una pila de bandejas al lado de la otra chica.

—¿Has desayunado?

—No.

—Anda, Inés, deja eso y prepara un tazón de leche con pan.

La chica obedeció rápidamente.

—Yo soy Mari Carmen, pero en mi casa siempre me han llamado Mamen, puedes llamarme así si quieres. Y esa chica es Inés. Entre las dos nos encargamos de todo esto.

Inés era un poco mayor que yo y muy delgada. El flequillo liso le llegaba hasta las cejas, era muy rápida en sus movimientos y cuando la miré, me sonrió. Sabía que sería mi amiga.

Puso el tazón sobre la encimera alta. Trajo una silla de altura acorde y se acercó a mí.

—Ven aquí, pequeñaja.

Sin poder reaccionar, me cogió y me depositó sobre la silla. Era delgada pero fuerte.

—Ahora traigo el pan.

Mamen había vuelto a su faena, pero me hablaba y mientras la escuchaba mis ojos no podían separarse de aquel desayuno. Mis piernas colgaban de aquel taburete alto.

—Chiquilla, cualquier cosa que necesites te pasas por aquí.

—Siempre estamos nosotras dos y ver caras nuevas es bueno.

Tomé un trozo de pan y lo mojé con ganas.

—Mamen se encarga de la comida, yo suelo hacer la limpieza de la vajilla.

—¿Os podría ayudar?

—Pero si no te llegan los pies al suelo, amante. —Mamen me miró de reojo sonriendo.

—Puedo secar los platos y las tazas. O picar verduras.

—Pues mira, eso sí nos vendría bien.

A partir de aquel día, tras asear la habitación me iba con ellas a la cocina.

Las mañanas se pasaban en un abrir y cerrar de ojos.

Descubrí que las dos eran del mismo pueblo al otro lado del Moncayo, que primero había ido a trabajar allí Mamen y, más tarde, se encargó de que Inés fuese a ayudarla.

Habían sido vecinas siempre y se conocían a la perfección. La cocina de aquel sitio daba mucho trabajo y entre las dos se repartían bien, pero me habían admitido en aquel equipo. Eran buenas en sus labores y buenas conmigo. Yo empezaba a sentirme bien en aquel lugar. Veía poco a mi hermano, pero lo tenía cerca. Y con ellas estaba a gusto.

—Pícame la cebolla. Pero, amante, más pequeñicos los trozos.

Mamen nos daba instrucciones con cariño. Y nos hacía reír a las dos en todo momento.

—Pela todos los huevos, pero cuida que aún estarán calientes.

Entre las funciones propias de las cocinas me hablaban de ellas, de sus familias, de su pueblo. Cada día era una cosa diferente y cada día era mejor. Yo no hablaba mucho, porque sabía que en boca cerrada no entran moscan. Las escuchaba. Y me encantaba hacerlo cuando hablaban entre ellas sin tenerme en cuenta. Eran naturales, sin galones, y comenzaron a quererme al mismo tiempo que yo a ellas.

—En cuanto recojamos todo lo de la comida nos vamos a dar un paseo. ¿Os parece?

Y las tres nos dimos mucha prisa en tenerlo todo listo a primera hora de la tarde. El sol estaba en su sitio, haciendo su función, y nosotras caminamos hasta el final del pueblo. Al regreso vimos cómo llegaba una familia.

—Son los Hidalgo. Vienen todos los años con sus hijas.

Los miramos desde la lejanía. La mujer llevaba un vestido precioso negro con puntillas en el pecho y en las mangas. El pelo oscuro recogido en un moño bajo sumamente elaborado.

—Ella es doña Sara, fue maestra hasta que se casó con don José María.

Inés me iba narrando la historia familiar.

—Él es dueño de una fábrica en Zaragoza. Y las dos pequeñas son sus hijas, se llaman Cristina y María.

Las niñas eran un primor. Más pequeñas que yo. Y corrían alrededor de los adultos que se saludaban con cortesía. Vi a Juan descargando enérgicamente sus maletas. El coche era tan bonito como aquella familia e igual de negro que el vestido.

—Siempre venía con ellos una chica que se llamaba Beatriz, ya nos dijo el año pasado que iba a casarse.

—Sí, se casó al acabar el verano con un chico pintor.

Las dos hablaban entre ellas, mientras yo deseaba correr junto a las chiquillas. Sus risas llegaban hasta donde estábamos nosotras y volví a ser la niña que no había dejado de ser. La mayor tenía el pelo liso color miel, sin embargo el de la pequeña era negro vibrante. Brillaba mucho y los reflejos salían disparados en todas las direcciones cuando se movía su cabeza.

Mamen habló para sacarme de mi ensimismamiento.

—Vamos para la cocina.

Las dejamos jugando, mientras la niña mayor nos miraba. Antes de entrar al edificio me giré y la vi mirándome. Ya no tenía ganas de hacer caso a su hermana. Me seguía con la mirada como si quisiera decirme algo.

Al día siguiente, después del desayuno entré en la cocina, como ya se había vuelto costumbre, para ayudar a mis amigas a secar la vajilla y a hacer la comida. Nada más entrar, Inés me miró con una sonrisa más amplia de lo habitual.

—¿Qué pasa?

—Nada, amante, nada.

Siempre me llamaban «amante». Siempre se llamaban así entre ellas. Pero sí pasaba algo. Ambas me explicaron que doña Sara había pedido al hotel a alguien que le entretuviese a las niñas.

—No está mal. Y podrás sacarte unas monedas, que siempre vienen bien.

Mamen me animaba.

—Pero entonces no podré venir con vosotras cada mañana.

—Bueno, nos veremos igual.

—Amante, si nosotras no nos movemos de aquí. Puedes venir cuando quieras.

Fui a ver a Carmen, la señora que nos había llevado a nuestra habitación la primera noche, para decirle que sí, que yo cuidaría a las niñas.

—Formidable. Hablaré con doña Sara. Ven por aquí después de la siesta, ella tiene masajes.

Volví a la cocina y ayudé en todo lo que pude. Tras recoger la vajilla de la comida, me puse un vestido limpio, me arreglé un poco el pelo y fui para el despacho de Carmen. Llamé despacio con los nudillos bien apretados y esperé a que me diesen pie al otro lado.

—Pasa, pasa.

Abrí la puerta.

—Le estábamos esperando. Le presento a doña Sara.

La mujer se levantó de su silla y me tendió la mano.

—Mucho gusto, señora.

Me explicaron lo que debía hacer y no me pareció gran

cosa. Tenía que cuidar de las niñas durante su estancia allí. No parecía complicado.

—No debes salir del recinto con ellas y procura que no se ensucien.

Carmen daba las instrucciones y yo contestaba mirando a doña Sara.

—Lo intentaré, señora.

Su mirada era brillante, un poco triste y bondadosa. Asintió con la cabeza al tiempo que me miraba.

—Pues ya está.

Carmen dio por finalizada la reunión y seguí a la madre hasta donde estaban sus hijas. Las llamó y las dos acudieron sin perder tiempo.

—Mirad, niñas —la pequeña se abrazó a las piernas de su madre mientras me miraba—, ella es Pilar y va a jugar con vosotras todo el tiempo. Portaos bien.

En el mismo momento en que dejó de hablar, la pequeña me dio la mano.

—¿Sabes peinar? ¿Me haces un peinado?

Nos fuimos despacio hasta uno de los bancos de los jardines, me senté y la niña se sentó en el suelo. Con rapidez se quitó las horquillas y esparció su cabello para dejarlo caer. Cristina estaba junto a nosotras pero no hablaba. Comencé a acariciar aquel pelo negro con los dedos.

—¿Tú no quieres que te peine? —pregunté a la mayor.

—A mí me gusta más peinar.

—¿Quieres peinarme a mí?

Le indiqué que se sentase en la parte superior y con cuidado comenzó a masajearme la cabeza.

Todos los días de aquel mes estuve con las niñas y cada vez nos sentíamos más a gusto juntas. Empezábamos a querernos. No podía pensar en que llegaría el momento de que se fueran. En cierto modo nos habíamos hecho amigas. Seguía compartiendo ratitos con Inés y Mamen en la cocina pero estar junto a aquellas niñas hacía que me olvidase de todo lo que había pasado anteriormente. Cada vez que esas pequeñas manos acariciaban mi cabeza me hacían pensar en mi madre, en cómo ella me peinaba en su tocador frente al espejo. En cómo me besaba el pelo mientras lo hacía. No quería que esos momentos al sol bajo el árbol se acabaran nunca. Pero lo bueno se acaba, igual que llega el invierno después del otoño. Juan trabajaba a mayor ritmo y cuando llegaba a la habitación solo dormía. No decía ni una palabra y caía rendido todas las noches. Lo entendí siempre, porque lo veía a diario desde los ventanales de la cocina donde me refugiaba. Los días pasaban cada vez más deprisa, y eso para mí era un lujo que no iba a desperdiciar.

La última tarde de la familia Hidalgo en aquel lugar, Carmen me volvió a llamar a su despacho. Entré con la misma cautela que lo había hecho un mes antes pero esta vez las dos mujeres sonreían. Habló doña Sara.

—Hola, Pilar, estaba hablando con Carmen que mis hijas te quieren mucho.

—Son muy buenas, yo también les he cogido mucho cariño. Es una lástima que ya se marchen.

—Hay una propuesta que me gustaría hacerte, quiero que lo pienses bien esta noche y lo hables con tu hermano. ¿Te gustaría venirte con nosotros? La chica que teníamos se casó y desde entonces no he tenido a nadie. Yo necesito que alguien me ayude con las niñas y en casa. ¿Estarías dispuesta?

—¿A Zaragoza?

—Exacto, cada año venimos aquí y tú nos acompañarías, así también podrías ver a tu hermano. Pero piénsalo. Mañana nos cuentas tu decisión.

Salí del despacho algo mareada, no me encontraba bien. Fui hasta la cocina donde las chicas preparaban la cena.

—Pero, amante, ¿qué te pasa? —Mamen habló primero—. Estás muy blanca.

No dije nada, pero Inés me preparó una infusión y me senté cerca de ellas.

—¿Qué ha pasado?

Les conté la propuesta y parecían eufóricas.

—¡Es estupendo!

Les había tomado cariño a las niñas, pero no era suficiente para irme con ellas. ¿Qué iba a hacer yo en una ciudad tan grande? No conocía a nadie. Además, estaría lejos de Juan que era la única familia que me quedaba.

Por la noche, ya metida en la cama, le conté a Juan. Él se levantó y se sentó junto a mí.

—No lo veo mal. Podrás ganar un dinero y ya sabes que yo estoy aquí. Doña Sara parece buena, y con las pequeñas te llevas bien. Además, Lola te enseñó muchas cosas. Podrás hacerlo.

—Ya, pero tú no estarás, aunque ahora solo nos veamos por la noche.

—Pilar, ya eres mayor. Has vivido más que cualquier chica de tu edad. Estarás bien. Y si no es así, siempre puedes volver aquí conmigo. Cada día tengo más trabajo así que no me voy a marchar muy lejos. Te juro que conocerás todos mis movimientos, te escribiré todas las semanas. Y tú también puedes escribirme.

Me abrazó y me besó muchas veces, pero no pude dormir en toda la noche. Al día siguiente entré por última vez a aquella cocina y me despedí de las dos únicas amigas que había tenido. Mamen me abrazó muy fuerte e Inés lloraba mientras cargaba mis pocas posesiones.

MARTA (III)

Por la mañana las chicas me obligaron a vaciar el armario de la abuela. Berta y yo mirábamos, Lucía sacaba la ropa y Ana la doblaba para meterla en una caja. Acabado el armario, nos pusimos manos a la obra con la cómoda siguiendo los mismos pasos: sacar, doblar y meter en la caja. El baúl del pie de la cama lo dejamos para después de comer.

Mientras las chicas tomaban el sol, tras volver de casa de la tía, subí a la habitación de la abuela, me arrodillé delante de baúl y lo abrí. Había varias fotos antiguas, de la boda de los abuelos y de cuando papá era pequeño; también había algunas de la boda de mis padres y de los veranos que pasábamos con ella. La última foto que vi era de la familia al completo durante las vacaciones pasadas. Nos había invitado a comer a todos un domingo, lo pasamos muy bien. Era un recuerdo muy bueno. Debajo de las fotos había varios trozos de tela igual que las cortinas de la habitación. También había varias cartas que papá le había escrito durante el tiempo que pasó haciendo el servicio militar en Mallorca. Al fondo del baúl había una pequeña caja blanca de madera. La abrí con cuidado y descubrí su contenido: un pañuelo de seda que parecía antiguo. Nunca lo había visto. Era bonito. Estaba doblado cuidadosamente haciendo que coincidieran todas las esquinas.

Pronto llamarían del despacho de Sáenz de Ayala y yo no tenía ninguna respuesta. Debería ir a aquel pueblo o llamar a mi abogado. O las dos cosas. Y llamar a mi padre, eso también. O no. No sabía por dónde empezar. Pero estaba claro que tenía que moverme más de lo que me había movido hasta ese momento.

Me tumbé sobre la cama y apoyé la cabeza sobre la almohada. Tenía ante mí un cajón que no había abierto antes. La mesilla era de madera oscura y antigua, y un pequeño tirador invitaba a abrirlo. Me senté y tiré. Se abrió con dificultad porque los papeles hacían presión. Tiré un poco más fuerte, con cuidado para no romper ninguno, y descubrí muchos sobres. Ojeé varios. Dentro de cada sobre había cuartillas mal escritas, todas dirigidas a Pilar y a una dirección que me era familiar y desconocida al mismo tiempo. Había pasado millones de veces por la calle Unceta de Zaragoza, pero desconocía que mi abuela hubiese vivido allí. Sin pasar por alto aquel detalle giré el primer sobre que había. Juan Partearroyo de Miguel. Alhama de Aragón. Era su hermano, estaba claro. Pero ¿Alhama de Aragón? La carta estaba fechada en 1979.

Querida Pilar:

Espero que cuando recibas está carta tanto tú como Víctor estéis bien. Nosotros estamos muy contentos, Maribel nos va a hacer abuelos. Tanto María Jesús como yo no cabemos en nosotros de gozo. Ella ya ha empezado con el punto, que si las botas, que si un jersey, que si un gorro... tenemos la casa llena de ovillos de lana. No para de tejer a cualquier hora. Supongo que al ser el primero es normal. Por lo demás todo bien, trabajo en el balneario no falta y cada vez vienen más clientes. Así que por el momento seguimos como siempre. Más contentos, espero que el chiquillo venga bien y que tanto Javier como vosotros sigáis bien. Un abrazo de tu hermano que te quiere.

Nunca había oído hablar de él. De hecho, nunca hubiese pensado que la abuela tuviera hermanos, pero estaba claro que al menos uno tenía. Apunté su nombre, el de su mujer y el de su hija en un cuaderno. Esparcí todas las cartas sobre la cama, había muchísimas. Todas cortas, todas con el mismo remite. Las ordené por fecha y había desde 1940 hasta comienzos de los años 80. Quise comenzar a leer en ese mismo momento, pero las risas de las chicas se colaban por la ventana. Dejé las cartas ordenadas en el cajón donde las había encontrado y bajé.

—Me he quedado dormida al sol, ¡no me lo puedo creer! —gritaba Berta, atravesando la puerta de la cocina.

Mientras Berta había dormido al sol, Ana y Lucía habían aprovechado para dar un paseo con el coche. Habían ido hasta Santilla. Allí habían comprado bastante comida, y ahora Lucía intentaba prepararla y Ana ponía la mesa en el porche.

Durante la cena les conté a las chicas en qué había invertido el tiempo esa tarde, que había abierto el baúl y que había visto su contenido después de casi cuarenta años. Les hablé de las cartas y de mi desconocimiento.

—Nunca me habló de su hermano, no lo entiendo.

—¿Le preguntaste alguna vez?

Lucía dio en el clavo. Nunca me había preocupado por eso. Pero ahora necesitaba saber más. Necesitaba conocer a mi familia. No sabía por qué mi abuela había ocultado a su hermano. No sabía nada y necesitaba saberlo todo. Necesitaba saber por qué tenía tres mil hectáreas en aquel pequeño pueblo y nadie me había contado nada.

Tras la cena salimos a dar un paseo nocturno, estaba fresco y se oían los gritos de los niños jugando al escondite. Llegamos a la plaza que hay junto a la iglesia, es la plaza de las confidencias, allí se juntan los mayores del pueblo para sentir el aire fresco y puro y hablar de cosas sencillas. Nos encontramos con los hermanos franceses, con la tía y con los abuelos de Alba, la niña que tan buenas migas había hecho con Berta.

Después del paseo las chicas se fueron a dormir, yo me metí en la cama y abrí de nuevo el cajón.

10 de octubre de 1940

Querida hermanita:

Espero que cuando te lleguen mis primeras letras escritas en mucho tiempo, hayas pasado bien la fiesta de tu santo. Me voy a acordar de ti durante todo el día. Espero que te vayas adaptando bien a tu nueva vida. Aquí sigo como siempre, aunque ahora con menos trabajo. Todo está bien. Por favor, contéstame y cuéntame cómo es la ciudad. Cuéntame también si el Ebro es tan caudaloso y si son tan grandes, como dicen que son, las calles de las capitales. Inés y Mamen mandan recuerdos. Ya estoy ansioso por leerte. Por favor, no te demores en hacerlo. Lo estaré esperando.

Siempre tuyo.

Juan

Por la mañana mi primer pensamiento fue el de llamar a mi padre. Y eso hice antes de que las chicas se despertaran.

Preparé café y salí al porche, donde me recibió un sol pleno y poderoso. Me respondió a lo que le pregunté. Y resultó que la abuela no tuvo un hermano, sino dos. Sabía que uno se había marchado a Francia y otro se había quedado en España. Nunca había conocido a ninguno de los dos. Y ella había hablado poco de ellos. Colgué pronto y decidí que tenía que llamar a mi abogado.

—Es complicado esto que me cuentas. Primero deberías hacerte heredera. Pero claro, antes tendría que hacerse heredera tu abuela. ¿O ya se ha hecho? ¿Los hermanos de Pilar siguen vivos? —No contesté—. Eso es lo primero que debes averiguar.

¿Y por dónde empezaba yo? Las chicas ya estaban sentadas en el porche atacando al desayuno. Ellas regresarían al siguiente día a sus casas y yo me quedaría el resto de semana. Tenía que averiguar más cosas. Los pelos de todas estaban revueltos y brillaban al sol mientras sus caras descansadas sonreían sin parar. No les dije nada y antes de levantarnos de la mesa sonó el timbre de la casa.

—Está abierto —chillé desde mi sitio.

Alba llevaba una cámara de fotos de un color rosa bastante llamativo. Le dio un beso en la mejilla a Berta y a nosotras nos hizo un leve gesto con la cabeza.

—Ya ha llegado mi padre y me ha traído la cámara —dijo Alba con tono triunfal.

Berta me pidió que les hiciera la foto. La hice. Las dos salieron muy guapas, Berta con su pelo rubio, liso y largo y Alba con su pelo oscuro por detrás de las orejas. Detrás de esa foto siguieron muchas más, continuamos el reportaje fotográfico en el río. Estuvo con nosotras toda la mañana, hicimos muchas fotos en el río y en el camino. Era una niña muy divertida y muy alegre, no paraba de reír todo el tiempo.

Preparamos la comida con ayuda de la niña, nos habló de su padre y de sus abuelos, pero no dijo nada de su madre. Estando en plena conversación llamaron a la puerta, Berta abrió y se encontró con un hombre de mediana edad, alto y moreno, con barba de varios días que vestía vaqueros y una camisa de cuadros con los puños doblados a la altura de los codos.

—Hola, soy Sergio, el padre de Alba, ¿está por ahí? —dijo con aire despreocupado sin reconocer a Berta.

—Hola, soy Berta, la amiga de Alba. Sí, está en la cocina terminando el postre, pasa, pasa.

Berta lo guio hasta la cocina y cuando entraron, todas callamos de repente. Se comió un trozo de tarta con nosotras y después tomamos una copa. Alba se había quedado dormida en el sofá mientras los mayores hablábamos.

—Bueno, creo que ya es hora de que nos marchemos —dijo Sergio mirando a Alba.

Se levantó y la cogió, en ese momento la niña parecía frágil e indefensa.

—Te acompaño —propuso Berta.

Antes de que la puerta se cerrase, con Alba en los brazos se volvió y le dijo a Berta:

—Sé que te has hecho muy amiga de mi hija, esta tarde tengo que localizar un pueblo abandonado de la montaña, ¿te gustaría venir con nosotros?

—Claro, será divertido.

—Muy bien, a las cinco pasamos a recogerte.

Berta cerró la puerta y pegó un grito que seguramente se escuchó en todo el pueblo. Corrió hacia el porche y mientras se servía su segunda copa decía eufóricamente:

—Este pedazo de hombre que acabáis de ver irse, volverá luego a recogerme para ir a la montaña.

—¿Tú? ¿Al monte? —dijo Lucía.

—¿Estás enferma? —pregunté.

—¿Vas a ir con minifalda y tacones? —dijo Ana y todas reímos.

—Me traje unos vaqueros, pero no tengo zapatillas.

—No hay problema, te dejo las mías.

Siguieron Lucía y Ana riéndose de Berta, y yo subí al dormitorio de la abuela con la clara intención de seguir leyendo las cartas.

Noviembre de 1940

Querida hermana:

Me alegró mucho tu carta. Me alegra que pudieras ir a ver a la Virgen el día de tu santo. Me alegra que tu patrona te trate bien y te vaya enseñando cosas. Eres lista, pero tienes que ser aplicada y trabajadora. Tan trabajadora como lo eran padre y madre. Es normal que te acuerdes de ellos. A mí me pasa por las noches, siempre los echo en falta. Mientras les recordemos nunca estarán lejos. Piénsalo así. Eso funciona. Por aquí todo va bien. Con mucho frío, ya sabes cómo son estas tierras. Se esperan nieves pronto, de momento yo preparo leña y cargo carbón para las cocinas. Mamen e Inés te mandan recuerdos. Todo está en orden. Cuídate mucho.

Siempre tuyo.
Juan

Leí algunas más hasta terminar el año. Berta entró despacio en la habitación.

—Me marcho ya.

—Sé buena y disfruta.

Miré por la ventana. Alba iba sonriente en su silla del asiento trasero. Sergio se bajó del coche para abrirle la puerta a Berta. Estaba guapísima. Él también, con vaqueros y un polo azul claro que resaltaba su piel bronceada. El coche se puso en movimiento, se hizo más pequeño cada segundo hasta que desapareció de mi vista.

Eran casi las siete cuando apareció Lucía y se sentó conmigo.

—Buenos tardes —dije al verla.

—¿Ahora te levantas?

—No, cuando se ha ido Berta ya estaba despierta, se ha ido contentísima. Y Sergio parece que es un galán.

—Me alegro por ella.

—Y yo.

Ana se unió a nosotras y pasamos la tarde tranquila. Berta regresó a casa sobre las nueve, le propuso a Sergio que se quedara a cenar pero él declinó la invitación, estaba cansado y la niña también. Berta nos contó cómo había pasado la tarde entre árboles, la verdad es que parecía muy contenta y entusiasmada cuando comenzó a hablar. No paró de hablar de él en toda la cena y eso me hizo imaginarme una posible relación entre ambos. No se parecían en nada, agua y aceite, blanco y negro, dulce y salado, cualquiera de estas parejas parecía más complementarias que ellos dos. Sólo pensaba en que no quería que mi amiga sufriera.

Por la mañana desperté temprano pero las chicas ya estaban levantadas. Cuando entré en la cocina vi a Lucía muy arreglada, demasiado para estar en el pueblo, y también vi a Ana y a Berta, dispuestas para el viaje.

—Marta, me tengo que ir a Madrid ya —dijo Lucía nada más verme—. Me han llamado del bufete de mis abogados, tengo que ir hoy, no me han querido decir para qué, sólo me han dicho que es muy urgente.

—Adelantamos el viaje, claro.

—No hay problema, sólo espero que no sea nada grave.

—Han dicho urgente, no grave.

Estaban ya en el coche cuando Berta bajó la ventanilla para que me acercara.

—Dile a Alba que volveré pronto, ¿de acuerdo?

—Hecho.

Volvía a quedarme sola en aquella casa de piedra fuerte. Abrí el cuaderno donde había puesto aquellos nombres y aparecieron resaltados, más potentes. Tenía tres nombres en negrita que parecían querer decirme algo que no adiviné. Juan. María Jesús. Maribel. Sabía que ésta última se apellidaba Partearroyo. Antes de ponerme a escribir la columna para el periódico, entré en Facebook y busqué. Probé con María Isabel Partearroyo, al no darme resultado cambié el nombre completo por el diminutivo y ahí había una señal. Un perfil cerrado que dejaba algunas fotos al descubierto. Una mujer de unos cincuenta y cinco años, rubia, con ojos azules y aspecto bonachón. En todas las fotos salía muy viva. Aparecía con un señor de edad similar alto y delgado, que supuse sería su marido. En otra foto disfrutaba del verde césped estirándose con dos niños pequeños. No pude compararla con ningún miembro de mi familia, no era semejante a nadie. Me dieron ganas de mandarle un mensaje privado, pero no sabía cómo comenzar. Tampoco tenía la certeza de que fuera ella la persona que estaba buscando. Tal vez me tomaría por una loca. Sólo atiné a solicitarle amistad. Lo hice como el pescador que tira la caña en un lugar sin tener la seguridad de si hay peces que pescar.

A mitad de mañana comencé mi columna pensando en Berta. En cómo el amor puede aparecer en el lugar menos pensado. Después de comer fui a dar un paseo por el pueblo, la plaza de la iglesia estaba clara, el sol inundaba de luz cada pared, cada ventana de cada casa. Los hombres franceses estaban sentados en un poyete, el único que tenía sombra.

—Buenas tardes —les saludé.

Ellos me devolvieron el saludo con un gesto leve de cabeza. Me intrigaban y me daban ganas de abrazarlos al mismo tiempo. Llamé a la puerta de Josefina, que salió por la ventana.

—Sube, sube, amante —gritó asomando media cabeza.

Entré y llegué a la cocina, la olla se movía despacio al ritmo de los borbotones del puchero. Me senté al lado de la ventana y apareció la mujer más mayor que yo conocía. El pelo, bien estirado, se recogía en el mismo moño de siempre. Tomó un paño, quitó la tapa de la cacerola y removió con ahínco. Sacó dos platos hondos de la alacena y los depositó con cuidado sobre la mesa. Me levanté rápido para acercar la olla, que pesaba bastante.

—Cuéntame cosas de la abuela.

—¿Qué quieres que te cuente?

—Lo que sea. ¿Cuándo os conocisteis?

—La primera vez que la vi fue en las fiestas de la Virgen del agua. No recuerdo el año exacto, antes de nacer tu padre. Recién casados estaban. Mi marido era amigo de tu abuelo. Por eso nos hicimos amigas, porque aquella noche en la verbena bailamos mucho. Nos llevamos bien enseguida. Y desde entonces ya estuvimos juntas, cercanas.

—¿Conoces algo de la abuela de antes de casarse?

—Poca cosa, era reservada. Trabajaba en una casa en Zaragoza antes de conocer a tu abuelo. Después pasó a trabajar en una fábrica de zapatos. Cuando tu padre nació, venían aquí todos los veranos. Siempre quisieron conservar la casa de los padres de tu abuelo. Y Pilar pues cada vez se fue haciendo más de aquí. Al quedarse sola, y como tu padre ya era mayor, decidió venirse. Por eso tú la recuerdas siempre aquí. Lo pasó muy mal cuando tu abuelo murió. Él quería tanto a este pueblo que le enseñó a amarlo a ella. Y lo quiso, lo quiso mucho, como si fuera suyo.

Los platos ya estaban vacíos, pero ella continúo hablando. Nunca la había visto hablar tanto y tan seguido.

—Armábamos pequeños grupos de reunión para estar menos solas. Pero la verdad es que en los últimos tiempos se hizo muy amiga de los franceses. Yo también, no te creas, pero ella más. Todas las tardes se reunía con Pierre. Todas las tardes se iban de paseo y tenían largas charlas. De lo que hablaban no lo sé. Pero tu abuela estaba más contenta, se la notaba más feliz. Y ya está, señorita, no quiero hablar más, no me tires de la lengua.

Le ayudé a recoger la mesa y regresé a casa despacio. Había descubierto a una abuela que yo no conocía. Tal vez Pilar había tenido una vida llena de hombres a quien amar hasta el final. Necesitaba preguntar más, tal vez mi abuela había tenido una vida de fiestas pecaminosas. Tal vez esa mujer había vivido más que yo. Igual resultaba que ella era la más moderna de las dos. No podía imaginarla así, pero la imaginación nunca supera a la realidad.

Intenté dormir la siesta. No pude, así que seguí leyendo.

Enero de 1941

Querida hermana:

Me alegra que hayas pasado una buena Navidad. Por aquí las cosas van bien, aunque ha nevado muchísimo. Nos llega la nieve por las rodillas y yo me paso el día marcando senderos con la pala y echando sal. No me quejo, por lo menos tengo trabajo. Me han pedido que me ocupe del mantenimiento de los jardines esta primavera. Les he dicho que sí. Siempre me ha gustado el campo, más que las maletas. Así que estaré bien, más ocupado con lo grandioso que es esto. Ya lo sabes tú. ¿Han dicho tus señores algo de venir? Supongo que lo harán en primavera. En cuanto lo sepas dímelo, que me apetece mucho verte. Te quiero mucho, Pilar.

Siempre tuyo.

Juan

Me leí todas las cartas desde enero hasta abril. Y todas decían más o menos lo mismo. En mayo ya se habían visto. Y Juan festejaba el encuentro en su carta de junio.

Alba vino buscando a Berta cuando el sol ya se estaba poniendo. Le informé de que se había marchado y la chica se puso un poco triste.

—Pásate mañana y la llamamos, ¿vale? —Ella dio media vuelta—. No te preocupes, en pocos días volverá por aquí.

No pareció creerme y siguió caminando.

Mi ordenador sonó. Abrí la tapa del portátil que estaba sobre la mesa del salón y lo vi.

Maribel Partearroyo había aceptado mi amistad y estaba en línea. En un impulso, que quizá tendría que haber pensado mejor, me lancé a escribirle:

Hola, Maribel, soy Marta Berna. Estoy buscando a parte de mi familia y he visto que llevas el mismo apellido que mi abuela. Busco a Juan Partearroyo de Miguel. Sé que vivió en Alhama de Aragón, que trabajó en el balneario, no tengo muchos datos más, que su mujer se llamaba María Jesús y que tenía una hija llamada Maribel. No sé si podrías dar un poco de luz a mi búsqueda. Tampoco sé con seguridad si tú eres la persona a que busco. Si no es así siento la molestia causada. Un saludo. Marta.

En lo que había tardado en escribir aquello Maribel dejó de estar conectada. Cerré el ordenador y pensé que tal vez me había precipitado. ¿Qué pasaría si era ella? ¿Cuál era el siguiente paso? Mi padre sabía de la existencia de sus tíos y nunca los había buscado. La abuela nunca nos había hablado de ellos. ¿Qué derecho tenía yo en mover todo aquello? Seguí pensando que claro que tenía derecho. Derecho y deber. Podíamos ser todos ricos y pensé también que eso mitigaría cualquier duda que pudiese surgir. Tenía un cheque en blanco. Y con dinero se compra, también a las personas. Aunque no pensé entonces que hay cosas que no se pueden comprar ni con todo el dinero de este mundo.

Esa noche dormí mal. Ya me había dicho el abogado que tenía que saber si los hermanos de mi abuela seguían vivos. Eso estaba intentando descubrir. Y me convencí a mí misma de que no estaba mal lo que hacía.

Me levanté con respuesta de Maribel.

Hola, Marta, estás en lo cierto. Yo soy hija de Juan Partearroyo. Mi padre nació en 1923 en Huerta de Saelices. Era hijo de Pascual y Amalia. Y efectivamente, como tú dices, vivió en Alhama de Aragón toda su vida. Se casó con María Jesús Pablo en 1943 y tuvieron dos hijas. Mi hermana Teresa nació en 1952 y yo en 1954. Mi hermana vive Jaca y yo vivo en Zaragoza. Mi padre murió hace muchos años, en 1997, y mi madre hace dos. Todavía conservo la casa de mis padres y paso allí todos los fines de semana. Te paso mi número de teléfono por si necesitas algo más. Un abrazo. Maribel.

Le contesté de inmediato.

Hola, Maribel, qué alegría saber que eres tú. Siento mucho la pérdida de tus padres. ¿Qué sabes de su pueblo? ¿Qué sabes de su infancia? Yo soy nieta de Pilar, hermana de tu padre. No sé nada de aquel pueblo, mi abuela nunca nos habló. Tampoco nos habló de vosotros. Un abrazo. Marta.

Ya estaba metida hasta dentro en aquella historia y no podía dejar de preguntar. Cuando te mojas, tienes que mojarte entero, no vale arrepentirse. Mi teléfono empezó a sonar, me sobresaltó pero enseguida me repuse, estaba tan absorbida releyendo el mensaje. Me levanté y fui corriendo a la habitación donde tenía el móvil.

—¿Sí?

—Hola, ¿qué tal ha ido el día por allí? —su voz se notaba alegre.

—Hola, Luci, ¿el día? ¿Pero qué hora es?

—Las nueve, Marta.

—¡Qué rápido pasa el tiempo! Por aquí todo bien, ¿y lo tuyo?

—Lo mío genial, por eso llamo. Espera que pongo la llamada a cuatro. Un segundo.

Algo muy importante debía de ser si nos lo quería contar a las tres con tanta urgencia.

—¿Lucía?

—Sí, soy yo, Marta también escucha.

—Hola, Marta.

—Hola, chicas.

—¿Qué ha pasado? —Ana fue la primera en preguntar.

—Chicas —empezó a explicar Lucía—, ¿os acordáis de la solicitud que hice hace dos años para adoptar a la niña africana?

—Sí, claro —contestaron Berta y Ana al unísono.

—Pues me la han concedido —dijo Lucía, casi llorando por la emoción.

—¡Cuánto me alegro por ti! —dije rápidamente.

—Bueno, chicas, sólo era eso, esta noche os conectáis con la *cam* y os cuento todo, ¿vale?

—¡Vale! Hasta la noche.

Cuando colgué todavía no se me había borrado la sonrisa de la cara. Estaba muy contenta por Lucía. Ella siempre había querido ser madre. Cuando acabó su tercera investigación viajó con una ONG a Guinea Ecuatorial para hacer un estudio sobre los protozoos que causan la enfermedad del sueño; allí conoció a una niña huérfana, Lili. Por medio de una congregación de religiosas que están en aquel país Lucía pudo saber que la niña no tenía padre reconocido, aunque podía ser un alto mandatario ya que su madre había sido concubina de un ministro de Gabón varios años. La madre había muerto durante el parto que había sido atendido en el hospital que estas hermanas tienen en Bata. El cadáver no lo había reclamado nadie así que las religiosas decidieron enterrar a la madre de la manera más digna posible y ayudar a la niña a salir adelante. Desde entonces habían pasado dos años y Lucía no se había olvidado ni de las niñas ni de las religiosas que las estaban ayudando. En cuanto regresó de ese viaje se puso en contacto con sus abogados e inició un proceso formal para poder adoptar a la niña, aunque todo se había parado cuando los papeles habían pasado a manos del Gobierno guineano. Ya había perdido la esperanza de poder adoptarla, pero no se había olvidado de ella y con esta nueva noticia se notaba que estaba más feliz que nunca.

Cené poca cosa, vi un rato la televisión para intentar alejar toda la excitación, pero no sirvió de nada. Llené una copa de vino y esperé la llamada. Si la noche anterior no había dormido, esa noche dormí del tirón. Tendría que preguntarle a la prima de mi padre si sabía algo de los campos. Por el momento, en el desayuno cogí la siguiente carta.

Julio de 1941

Querida hermana:

Te mando está carta deseando que todo marche bien por allí. Aquí todo igual pero yo estoy más contento. No te he contado antes porque no sabría cómo iría, pero marcha bien, y creo que debes saberlo. El fin de semana de la romería de Santa Quiteria bailé con una muchacha. Es buena chica. Fue maestra el curso pasado y parece que este curso también estará en el pueblo. No sé cómo se ha podido fijar en mí. Yo estoy trabajando más horas para comprar una casa y así poder casarnos. Cuando consiga todo el dinero lo haremos, aunque aún falta mucho para eso. Te iré contando. No dejes de contarme tú. Me alegro de que empieces a estudiar. Eres muy lista, no lo olvides nunca. Tu hermano que te quiere mucho. Juan

Las siguientes cartas no contaban nada nuevo. El hermano de mi abuela seguía trabajando mucho.

Alba llegó puntual a nuestra cita. Salimos al jardín, le saqué un vaso de Coca-Cola y un plato de patatas sabor jamón. Y llamamos a Berta. Estaban felices las dos por encontrarse.

Mi amiga le prometió que el fin de semana volvería al pueblo y la niña colgó feliz.

Maribel me contestó esa misma tarde. Tampoco ella sabía mucho. Su padre era igualmente muy reservado y nunca había hablado de su pueblo. Me contó que no había conocido a sus tíos. Que su familia se había centrado siempre en la rama materna. Que alguna vez había querido preguntar y la callada era lo único que había obtenido por respuesta. Se ofreció a revisar algunos documentos de su padre la próxima vez que fuese al pueblo.

No sabía por dónde continuar, estaba claro que aquella mujer tampoco sabía nada de campos familiares en aquel pueblo perdido. No quise adelantarle nada. No había ninguna necesidad. No sabía si debía llamar a mi padre para contarle que tenía dos primas, ni sabía cómo actuaría. Antes o después tendría que contárselo. Pero lo pensé mejor y decidí esperar un tiempo. Estaba claro que esos campos no eran sólo nuestros, ahora había dos propietarias más. La bola se engordaba poco a poco. Pero aquella fortuna, aun dividida para tres, seguía siendo un buen dinero. Tendría que buscar al otro posible heredero. Y no tenía ni idea de por dónde empezar.

Le comuniqué a mi abogado los avances y me sugirió que hablase con el registro civil o con la iglesia del pueblo. Volví a casa de Josefina e hice que me contara más cosas.

—Mira, amante, habla con Pierre.

—Pero no lo conozco, tía.

—No te importe, es buena gente. Después de todo yo pasé media vida con tu abuela, pero él pasó el último tiempo. Vinieron aquí hace unos dos años. Y aquí se quedaron.

Pierre, concretamente, es la persona que más tiempo ha pasado con tu abuela. Seguro que él te podrá ayudar más que yo. Últimamente a mí se me olvida todo.

Tal vez tuviese razón, pero no sabía cómo afrontar la situación, pues el hombre no había hecho el mínimo ademán de entablar una conversación conmigo. Posiblemente estuviese mucho más triste que yo. Al fin y al cabo, él había perdido una compañera de viaje. No sabía si debía, si le molestaría. No tenía derecho, o sí. Quizá la próxima vez que me lo encontrara me acercaría a saludarle. Prefería entablar una relación, por pequeña que fuese, antes de comenzar a preguntar qué era lo que tenía con mi abuela. Ella era libre, igual que yo. No tenía derecho a juzgarla y no lo hacía, pero mis ansias por saber estaban creciendo cada día. Comenzaba a comprender que no sabía nada de ella. Que solo había conocido una pequeña parte. Sentía cierta rabia con ella. Hasta un mes antes hubiese apostado un brazo entero creyendo que lo sabía todo sobre aquella mujer que me había protegido y cuidado, que me lo había dado todo teniendo tan poco. Aquella mujer que me acompañaba siempre y me comprendía, aunque no entendiese nada. La mujer que respetaba mi forma de vida. La mujer que me había querido por encima de todo.

PILAR (III)

Todo era nuevo para mí en aquel lugar. La primera planta del número 36 de la calle Unceta era amplia. Para acceder a aquel piso había dos puertas. Una daba al recibidor y otra a la cocina. Entra por la que quieras, no te preocupes, me había dicho. El piso era mucho más grande de lo que parecía desde la calle. El pasillo, forrado de madera hasta media altura, parecía no acabar nunca. A ambos lados había puertas color madera oscura a juego con la del pasillo. Muchas puertas. Las que no tenían cristaleras, sino relieves florales, daban a las habitaciones. Las otras, esparcidas sabiamente, anunciaban biblioteca, despacho, salón. El comedor, sin puerta, tenía un gran arco con cristales a ambos lados en conjunto con las otras puertas. Doña Sara me enseñó hasta el último rincón de cada estancia, pero la vitrina del comedor llamó muchísimo mi atención, estaba llena de una vajilla inglesa con vistosos dibujos azules.

—Esa es solo para ocasiones. —Y siguió hablando de otras cosas—. A las corbatas quítales el nudo y plánchalas antes de guardarlas. Esta es la biblioteca. La lechera viene cada día a las ocho de la mañana, te dejará un litro de leche. Las niñas se toman un vaso antes de acostarse y otro en el desayuno. Lo que sobre, lo guardas en la fresquera. Mañana llevaremos a las niñas al colegio, así te aprendes el camino. Y ya las llevas tú el resto de días. Iremos al mercado y te presentaré en los puestos donde suelo comprar, para que te conozcan. Después limpiaremos la biblioteca, que los libros acumulan mucho polvo. Y luego ya nos pondremos con la comida. Recogerás a las chicas, comeremos y tendrás un rato de descanso. Cuando mi marido marche para la fábrica sacarás brillo a la plata y luego entretendrás a mis hijas hasta que venga yo. Tengo que ir a la peluquería y después me pasaré por la parroquia. Mira, esta será tu habitación. Espero no llegar tarde y que nos dé tiempo de ir a comprarte ropa.

No había parado de caminar ni había acabado de hablar y yo ya estaba agotada. No me asustaba trabajar. Me asustaba no estar a la altura de lo que ella esperaba. Aquella mujer no sabía nada de mí, sólo era una niña de diez años que había estado con sus hijas un mes. Había depositado confianza en mí y no quería echarlo todo a perder. No podía permitirme ese lujo.

Mi habitación no estaba mal. Justo en la parte izquierda de la entrada principal. No había muchas cosas, pero no era la habitación de mi casa y no podía quejarme. Una cama de madera antigua con un colchón de lana nuevo, un crucifijo sobre el cabecero, una mesilla con un pequeño cajón, un armario ropero con un espejo que ocupaba toda la puerta, una pequeña mesita y una silla. También me di cuenta que sobre la mesa había un cuadro con una imagen del mar. Es San Sebastián, dijo doña Sara. Había una ventana en la parte superior de la pared que daba a los pies de la escalera principal. Me dejó a solas para que sacara las pocas cosas que llevaba en mi bolsa. Las coloqué lo que mejor que pude en el armario y al cerrar la puerta me di cuenta de que aquella gran puerta se quejaba del peso del espejo. Me tumbé sobre la cama y me fijé en el cuadro. Una porción de mar formaba una media luna sobre la arena, entre los dos había abultada espuma de las olas y al fondo se veía una isla muy verde. A ambos lados también había bosques. Diminutas figuras de personas simulaban estar paseando sobre la arena o tumbados al sol. Mi madre me había hablado del mar. Me había explicado que todo olía a sal. A sal mojada. Ella tenía una tía que vivía en Valencia y había ido a visitarla. Me dijo que me llevaría, nunca lo cumplió. No la culpo. Ella le había dicho a mi padre que nos tenía que llevar, para que lo viésemos con nuestros propios ojos, y él había contestado: «Pero, Amalia, si nosotros somos de secano, además en verano toca la siega». No le había dado tiempo a insistir. Agarré fuerte entre mis manos su pañuelo, que apareció al final de la bolsa. Todavía estaba su aroma, me hubiese quedado así para siempre. Cuando me quise dar cuenta había pasado un buen rato y Cristina llamaba suavemente en la puerta.

—Pilar, ¿puedo pasar? —asomó su cabeza y esperó a que le diera permiso—. ¿Me peinas?

—¡A este paso me voy a convertir en peluquera! Anda, vamos.

Al cruzar por el pasillo me di cuenta de que doña Sara estaba preparando la cena. No sabía si debía ir a jugar o si tenía que ayudarla. Entré en la cocina, ella se había atado un delantal que le cubría por completo.

—Las niñas me han pedido que les peine, si lo prefiere le ayudo a usted, lo que me diga.

—No, no, ve con ellas. Luego te llamo para poner la mesa.

Al cabo de una hora entró en la habitación de las niñas paseando un paño de cocina de mano a mano.

—La cena está casi lista. ¿Ponéis vosotras la mesa?

Don José María cerró el periódico y salió en la biblioteca al encuentro de su mujer. Puse mucho esmero en aquella mesa, recordé cada una de las instrucciones que años atrás me había dado Lola. Hasta colocamos un pequeño jarrón de flores secas en el centro. Cuando aparecieron los dos adultos se quedaron impresionados. Habló la mujer.

—Pero, Pilar, ¿quién te ha enseñado a poner la mesa tan bien?

—En mi casa trabajaba una chica, Lola; ella me enseñó.

Se quedó parada, no supo qué responder y noté que estaba sorprendida, pero en ese momento intentó que no se le notara.

—Venga, chicas, cada una a su sitio. Tú, Pilar, aquí, al lado de María, así le ayudas a cortar la carne.

Me di cuenta que era una cocinera excelente. Había preparado una sopa en tiempo récord y después había preparado carne de tapilla. Hacía mucho tiempo que no probaba una carne tan tierna.

Cuando acabamos, me ofrecí a recoger todo, pero doña Sara me animó a hacerlo en parejas.

—Yo friego, tú ve trayendo las cosas.

Cuando acabamos, las niñas ya estaban acostadas, así que me despedí de don José María que fumaba un puro y leía en la biblioteca y me metí en mi habitación. Estaba cansada y me dormí pronto, pero recordé que tenía que estar levantada antes de que llegara la lechera. A las siete y media de la mañana ya estaba vestida, peinada y con la cama hecha. Salí a la cocina y no sabía si debería ir preparando el desayuno. A las ocho en punto sonaron unos nudillos en la puerta de la cocina.

—Buenos días, ¿tú eres nueva, verdad? —La chica era joven, su pelo estaba recogido en las trenzas que le colgaban más allá de los hombros—. Soy Peana, como la Virgen de mi pueblo.

La chica sonreía y se le achinaban los ojos al hacerlo.

—Yo soy Pilar, encantada.

—Te dejo el litro y medio de leche, trae la olla de siempre.

No tenía ni idea cuál era y ella enseguida me ayudó.

—La marrón, doña Sara la guarda en el segundo estante.

La cogí y la acerqué. Llenó tres tazones de lo que parecieron medio litro cada uno. Después volvió a meter el tazón y depositó un poquito menos.

—Esto, la chorrada.

Se despidió de mí muy amable, y se marchó deseándome un buen día. A los pocos minutos, con la leche ya hirviendo, entró doña Sara envuelta en una bata rosa claro de buen raso.

—Yo me quedo con esto, ¿puedes despertar a las niñas?

Entré en la habitación de las chicas y tenían preparados sus uniformes sobre las sillas. Levanté la persiana y las desperté con cuidado. La pequeña, todavía con los ojos cerrados, dijo mi nombre y me abrazó muy fuerte.

—Vamos, pequeña, hay que vestirse.

Cristina ya había comenzado ella sola, pero María necesitaba ayuda con los leotardos. Se sentó sobre la cama y se los puse con cuidado mientras no paraba de hablar. Para los zapatos, se levantó y se apoyó sobre mi cabeza. Fuimos al comedor y ya estaba todo dispuesto. Nos sentamos en la misma posición de la noche anterior. Don José María se iría pronto a la fábrica. Las niñas y yo recogimos el desayuno mientras doña Sara se preparaba para llevar a las niñas al colegio. Fuimos las cuatro, para que yo me aprendiera el camino. María cantó durante el camino, pero yo no podía dejar de observarlo todo. Las calles eran las más largas que había visto nunca. Algunas personas nos saludaban, otras no. Cuando llegamos al colegio de las Paulas una monja salió a nuestro encuentro.

—Pero qué guapas están estas niñas y qué altas.

La mujer llevaba un hábito negro hasta los pies y una toca de vuelo almidonado blanca. Con eso en la cabeza no podría pasar por sitios estrechos, pensé. Me la imaginé caminando por un pasillo y tirando los cuadros de las paredes. Sonreí, y me reí por dentro. Las niñas se alejaron de nosotras agarradas a la monja una de cada mano. Nosotras volvimos a casa. Doña Sara tenía razón, en la biblioteca había mucho polvo. Ella se puso una bata diferente a la que había sacado por la mañana y comenzó a descolgar los libros. Me los pasaba para que fuera limpiándolos y los apilaba sobre la mesa. Nunca había visto tantos. En mi casa había muchos, pero no tantos como allí. Podía recordar a mi madre leyendo apoyada sobre el ventanal. La mujer se dio cuenta.

—¿Te gusta leer?

—En el colegio, doña Angelita, mi maestra, nos leía cuentos. Pero hace mucho que no leo ninguno.

Ahora me doy cuenta de que esa mañana estuve más entretenida en los títulos, en mirar las portadas, en leer las contraportadas que en limpiar. Pero ella no me dijo nada. Hizo casi todo el trabajo sin decirme una sola palabra, ni siquiera me pidió que siguiera limpiando. Estuvimos allí toda la mañana. Y luego nos pusimos con la comida.

—Pélame las patatas, ¿quieres?

Volví a convertirme en la pinche de cocina que había sido con Mamen y con Inés y estaba feliz en ese papel.

—Lo haces muy bien.

—En el balneario ayudaba en la cocina. Allí había mil kilos de cosas que picar cada día.

Estaba entrenada para esas labores, las hacía rápido y con destreza. Me gustaba saber que lo hacía bien. Dejé la comida a medio hacer y fui a buscar a las niñas. En el portal me crucé con don José María, que volvía de la fábrica. Estaba cerca de la casa, justo en la calle de detrás, la calle San Roque. El hombre tardaba menos de cinco minutos en llegar de un sitio a otro. Me saludó con una sonrisa y le informé de que iba a buscar a sus hijas. Era un hombre serio, pero mostraba una complicidad conmigo igual que la que mostraba con sus hijas. No era cariñoso con ellas, pero era bueno. Les reía las gracias y guiñaba el ojo ante las ocurrencias de las pequeñas. Cuando llegamos de vuelta del colegio, lo encontramos abrazando a su mujer por la espalda mientras doña Sara intentaba zafarse sin conseguirlo. Los dos lanzaban carcajadas al aire y no repararon en nuestra presencia. Nos fuimos sin hacer ruido, ayudé a las niñas a quitarse los uniformes y pusimos la mesa.

Por la tarde vino la profesora de piano. Dejamos a las pequeñas con ella y fuimos a comprar algunas telas para mi ropa. Por el camino nos encontramos con Peana, que estaba haciendo el reparto del segundo ordeño del día.

—Adiós, señora; adiós, Pilar.

Recordaba mi nombre como yo recordaba el suyo. Eso alegró mi tarde. Entramos en aquel comercio. Ya conocían a mi acompañante y supuse que dejaba ahí mucho dinero porque nos atendieron como nunca me habían atendido antes. Nos sacaron millones de telas y doña Sara me dejó elegir.

—Adelante, la que quieras —me sonrió, animándome en la elección—. También necesitarás un abrigo.

La chica nos sacó telas más gruesas, más buenas y caras.

—No te fijes en eso —y volvió a sonreír—. La que te guste.

De regreso a casa, pregunté.

—¿No se enfadará el señor?

—No, ¡qué va! Él ha sido el que me ha dicho que te hiciera el abrigo.

Me abrazó por los hombros y seguimos caminando. Hacía mucho tiempo que nadie me mostraba cariño. Me entraron ganas de llorar, pero me contuve. No acerté a rodearla yo también, pero desde ese momento supe que en su casa estaría bien.

Al día siguiente, al despertar, hice lo mismo que había hecho la mañana anterior. Esperé a que Peana tocara la puerta. Nos saludamos con efusividad, nos despedimos como viejas amigas y enseguida apareció doña Sara con su bata rosa. Desayunamos y recogimos todo. Yo estaba preparada para salir a la calle, pero doña Sara me dijo:

—Pilar, yo las llevo. Por favor, ve a ordenar la biblioteca.

Me resultó muy raro, aunque hice caso. Estaba todo en orden, estaba todo limpio. Nos habíamos empleado a fondo la mañana anterior. Entonces no lo entendí, ahora comprendo todo. Cogí el libro que más me había llamado la atención. Un ejemplar de la *Odisea* para niños. Me recosté en el sillón bajo de piel roja y comencé a leer. Estaba absorbida y el tiempo se pasó volando. Cuando escuché la puerta de la entrada, lo devolví corriendo a su sitio y salí al encuentro de la señora. Ese libro lo cambió todo, porque ya no llevé a las niñas a la escuela ninguna mañana y doña Sara me mandaba siempre a ordenar la biblioteca. Ese fue el primer libro que yo leí en mi vida. Y lo hice en primera persona del plural: donde ponía Ulises, también ponía Pilar; lo que le pasaba a él, nos pasaba a los dos.

Unos cuantos días después, recibí carta. Me puse muy contenta cuando don José María me la entregó antes de comer.

—Ve a tu cuarto, léela con calma. Voy yo al colegio.

Besó a su mujer y esta me guiñó un ojo al mismo tiempo que su marido se ponía el sombrero y cerraba la puerta. Estaba contenta, mi hermano no había faltado a su palabra. Releí cada una de las palabras varias veces y besé el papel en un intento de acercarme a él. Cuando escuché las voces de las pequeñas salí de mi guarida. Antes de sentarnos a la mesa el señor me dijo:

—Tengo cuartillas, sobres y sellos en el despacho. Después te los doy.

Mientras las chicas dormían la siesta escribí mi carta. Tenía ganas de contarle que estaba bien, que no tenía que preocuparse por mí. Le pregunté si sabía algo de José, si había tenido alguna noticia. Supuse cuál sería la respuesta, pero a mí aún me quedaban esperanzas. Pensaba que podríamos volver a estar juntos, en nuestro pueblo o en Francia o en cualquier lugar del mundo. Nunca me habló de nuestro hermano en ninguna carta. Lo había borrado de su vida y parecía que para siempre. Cada mes me enviaba una carta, nunca me falló. Y yo las esperé todas. Siempre.

Llevaba varios meses en aquella casa y me estaba convirtiendo en una hermana mayor. Así me hacían sentir. Cada vez estaba más a gusto con ellos. Y los cuatro parecían felices de tenerme a mí.

—Pilar, ven, siéntate.

Doña Sara me miró con ternura, me dio la mano y me senté.

—He estado hablando con las Paulas. Dan clases para adultos todas las tardes. ¿Te gustaría ir?

Le dije que sí. Que sí quería. Claro que quería.

—Pero no podré ayudarla con la cena.

—No te preocupes por eso. Mira, conozco a una chica que acude todas las tardes. Trabaja en la fábrica y cuando acaba su turno de la tarde, a las siete, va para allá. Te la puedo presentar.

Al mediodía don José María vino acompañado por la muchacha. Tenía dieciséis años, el pelo castaño común y liso, la cara redondeada y una nariz relativamente pequeña. Al entrar en casa descruzó los brazos y dejó que la chaqueta se abriera.

—Mira, Pilar, ella es Beatriz, la chica de la que te habló mi esposa.

Beatriz me tendió la mano y quedó en recogerme al salir de trabajar. La señora me había preparado un cuaderno y varios lápices para que los llevara. A la hora concertada bajé al portal y vi cómo aquella chica delgada y sana venía caminando ligera.

—¿Vamos?

Echamos a andar juntas.

—Yo antes trabajaba con ellos, las niñas son un amor. Me dio pena irme, no te creas, pero mis padres me dieron permiso y me casé hace unos meses. Mi marido es muy trabajador y con mi sueldo en la fábrica nos mantenemos bien. El señor fue muy amable en darme trabajo.

Me extrañó que no hubiese dejado de trabajar, pero callé. No paró de hablar en todo el camino y cuando llegamos a la puerta del colegio ya supe que sería mi amiga. Era alegre y compañera. Se ocupó de presentarme a todas las demás hasta que entró la monja.

—Venga, chicas, a sentarse todas.

Aún no habíamos abierto nuestros cuadernos cuando sonó la puerta.

—Perdone, sor Angustias.

—Pase, Peana, siéntese, aún no hemos comenzado.

La vi, me vio y ambas nos alegramos de encontrarnos. Ella también se convertiría en mi amiga. La había conocido antes que a Beatriz, pero no sabía nada de ella. Cuando acabé la clase, mi acompañante se fue corriendo porque su marido la esperaba en casa. Peana y yo fuimos paseando hasta mi portal.

—Nos vemos mañana.

—A las ocho en punto.

La familia me estaba esperando para comenzar a cenar. Me animaron para que les contase todo, y estaban tan ilusionados como yo. Ayudé a recoger la mesa. Antes de dormir hice los deberes que nos habían mandado.

Faltaban pocos días para que fuese mi santo. Doña Sara ya me había prometido ir paseando hasta el Pilar y escuchar la misa allí. Ella rezaba mucho y a veces yo le acompañaba. Íbamos teniendo más confianza, yo me sentía cuidada. Antes no me habría atrevido pero esa mañana de otoño de principios de noviembre le pregunté.

—¿Podría invitar a Beatriz y a Peana a merendar?

—Por supuesto. Intentaré que las niñas no os molesten.

Me preparé mucho para esa tarde. Dos días antes ya estaba dispuesta. No pude evitar acordarme de Lola con sus grandes manos en la masa. Azúcar, harina, huevos, canela, aceite. Tenía lo necesario sobre la mesa y estaba a punto de comenzar cuando entró Cristina.

—¿Qué haces tú aquí?

—¿Puedo ayudarte?

La subí sobre la silla como tantas veces había hecho Inés conmigo.

—Vamos a hacer mantecados. ¿Te gustan?

Y resultó que sí. Y resultó que mucho.

Mezclé los ingredientes y la niña me ayudó con las formas de corazón y de estrella, le dejé que los pintara con huevo y echara pequeños montoncillos de azúcar antes de meterlos al horno. Había pasado mucho tiempo desde la última vez que los había hecho con Lola. Recordé cuando llenaba cestos de esos preciados bocados. Con mis hermanos jugábamos a ver quién se comía más. Nunca se vaciaban aquellos cestones de mimbre, había tantos que mi madre nunca logró enterarse de cuántos nos comíamos. Nunca nos sentaron mal.

El día de mi santo las niñas me cantaron cuando fui a despertarlas. Y me sentí especial. Pero no tanto como cuando me dijeron:

—No pongas la mesa en la cocina, puedes ponerla en el salón.

Hice caso. María y Cristina me ayudaron, y después las ayudé yo a ellas a vestirse para salir de la mano de sus padres a dar un paseo por el parque. Mis amigas acudieron puntuales. Llamaron a la puerta de la cocina y me costó oírlas.

—Pasad, chicas, he dejado todo preparado en el salón.

En la mesa baja, rodeada por tres sillones con tapizado capitoné color berenjena, lo había preparado todo. No era mucho. Suficiente. Sobre una bandeja de plata descansaba una jarra con chocolate humeante y debajo de una tela blanca, los mantecados.

—Nunca había estado en esta casa, quiero decir, por dentro —Peana estaba deslumbrada por todo—. Qué vajilla más bonita.

Lo mismo pensé yo cuando llegué, iba a decir, pero Beatriz se me adelantó.

—Como se entere la señora de que lo has preparado en el salón te va a caer una buena bronca.

No dije nada, ellas se sentaron y les serví.

—Hace mil años que no tomo chocolate.

—¡Y yo!

No estuvieron mucho rato, pero lo pasamos bien imitando a sor Angustias. La pobre mujer era mayor y se estaba quedando sorda. Así que todas las chicas hablábamos muy despacio y varios tonos más altos.

Antes de las siete llegó toda la familia. Me dio tiempo a recoger el salón y guardar cada cosa en su lugar.

—Pilar, hemos comprado churros en el puesto de la esquina, vamos a comérnoslos.

Tanto los padres como las chicas y yo disfrutamos de aquella merienda cena. La recordaré siempre. Cuando ya estábamos acabando, María entró en el comedor con un paquete enorme. Le costaba moverlo. Era tan grande como la niña. Su hermana la ayudó a traerlo hasta mi sitio. Don José María tomó la mano de su mujer.

—Ábrelo, Pilar, sin miedo.

Las niñas estaban más ilusionadas que yo. Fueron ellas las que tiraron de las finas cuerdas que sujetaban un papel acartonado marrón y lo quitaron para poder ver el contenido.

—¿Una colcha?

—Es casi igualita a las nuestras.

Efectivamente, era muy parecida. Una tela de seda con motivos isabelinos en tonos rosas. Diferentes tonalidades que hacían una obra de arte, una visión perfecta para cualquier habitación.

—¿Te gusta?

Miré al matrimonio dándoles las gracias. Abracé a las niñas y las besé en la cabeza como tantas veces había hecho Lola conmigo.

—Si te parece bien, llamaremos a Francisco, el marido de tu amiga Beatriz, para que pinte la habitación. Podrás elegir el color que tú quieras.

—¿Podrá ser rosa?

Los dos rieron.

—Si ese es el color que te gusta.

Podría haber elegido cualquier color, pero a los doce años todavía se es una niña. Por mucho que me hubiese tocado vivir, mi color seguía siendo el mismo.

Pasaron unos días y apareció el pintor. Doña Sara le guio hasta la habitación y en poco menos de una mañana se hizo el milagro. Antes de ponernos con la comida fui a ver cómo había quedado.

—Gracias, doña Sara.

Me giré y me abracé a ella por primera vez en mi vida. Ella me estrechó con fuerza. Pasados unos segundos nos separamos y nos miramos fijamente a los ojos. No hizo falta decir nada más. Se giró para descolgar el cuadro de la playa.

—No, por favor, ¿lo puedo dejar? Me gusta mucho.

—Está bien. Vamos para la cocina.

Me encantaba mi nueva habitación, me gustaba pasar tiempo en ella. Podía repasar las lecciones con tranquilidad, leer todas las cartas que Juan me iba enviando y contestarle desde la intimidad. Siempre me dejaron mi espacio y siempre estuvieron cuando les necesité.

Fueron pasando los años y se fue acentuando mi papel de hermana mayor. No sé por qué me llevaron con ellos. No necesitaban mis servicios. Doña Sara se ocupaba perfectamente de la casa, era ella la que cada día hacía las camas y preparaba las comidas. Tenía una señora que le lavaba la ropa una vez a la semana y un chico que le hacía recados a diario. Mirándolo con la distancia que dan los años y la edad, nunca me trataron como a una chica del servicio. También pienso que muchas veces les daba más trabajo. Lola nunca fue una más en mi casa, pero yo me convertí sin saberlo y sin pensarlo en una más de aquella familia.

La abuela de las niñas venía cada año y pasaba una temporada con nosotros. Siempre me trajo algún detalle, igual que a sus verdaderas nietas. Me quiso mucho y yo a ella. Era mayor, aunque puede ser que yo la recuerde con más años de los que en realidad tenía. La memoria, a menudo, nos empaña los recuerdos. Tenía el pelo más blanco que he visto nunca, corto pero sabiamente recogido por dos pasadores de plata detrás de las orejas. Sus ojos eran grandes y en las manos se le notaban todas las arrugas que le faltaban en la cara. Era muy alegre, tocaba el piano muy bien y bordaba. En realidad, hacía muchas cosas. En cada viaje traía su bastidor de madera con pie. Se pasaba las horas junto al balcón. Y cocinaba. Había nacido en Barcelona y allí vivía. En cada viaje me enseñaba cosas nuevas.

Aquel día era el cumpleaños de su hija y doña Sara había insistido en que su madre la acompañara a la parroquia, pero la mujer no quiso, su yerno salió en su ayuda y se prestó a acompañarla. Tenía preparada una sorpresa para ella y necesitaba de nuestra ayuda para llevarla a cabo. En el mismo instante en que se cerró la puerta, me llamó.

—Pilar, ven a la cocina.

—¿Qué vamos a hacer?

—Cristina, tú también. Ya veréis. Trocea la carne en dados muy pequeños —ordenó a su nieta—. Pilar, pon una cazuela al fuego con un poco de aceite.

La mujer se remangó los puños del vestido hasta el comienzo del codo y cogió uno de los delantales de su hija.

—Este ha quedado un poquito más grande, abuela.

—No pasa *res*.

Me pidió que pelara ajos y los cortara en láminas finas y ella ralló cebolla.

—Echa ya la carne.

Cuando estaba a media cocción, añadió los ajos y la cebolla.

—Trae la botella de coñac de tu padre.

La niña obedeció.

—Abuela, ¿nos vas a emborrachar?

—Ya verás qué rico.

Roció menos de un vaso en el interior de la cazuela y removió.

—El alcohol se evapora, por eso no va a pasar nada.

—¿Y crea nubes?

—¡Qué tonterías dices!

Observaba a las dos, nunca había compartido una mañana así con mi abuela. Ni siquiera me había dado tiempo de hacerlo con mi madre. Cada vez me sorprendía más a mí misma pensando en ella. Muchas veces dormía con su pañuelo en mi cuello. Había perdido su olor, pero me seguía uniendo a ella. El tomate resbalaba sobre el rallador sin ninguna intención por mi parte.

—¿Ya está el tomate?

Lo introdujo en la cazuela con el hígado de un pollo.

—Ahora a esperar un rato. Tenemos que dejar que se concentre. Vamos a remojar la miga en la leche.

Preparó un plato con la leche que nos había traído Peana por la mañana.

—Esta noche creo que no vais a tener suficiente para vuestro vaso —le dije riendo y mostrando lo poco que quedaba.

—No te preocupes, cuando mi hija se coma lo que estamos preparando no rechistará.

Añadimos el pan humedecido a la mezcla que hacía borbotones.

—Un poquito de sal y una olla grande con agua.

Cuando el agua clara estaba hirviendo sacó de su bolsillo un paquete no muy grande. Lo desenvolvió y nos mostró unas láminas muy finas de un tono amarillo.

—Esto hay que hacerlo con cuidado para que no se peguen. Cuando estén blanditas las pasamos por agua fría y las dejamos estiradas para que enfríen. —Y me preguntó—: ¿Sabes hacer bechamel?

—Sí, como las croquetas, ¿no?

Fui a por el resto de la leche y Cristina me miró desde la mesa.

—Definitivamente, esta noche no hay vaso de leche.

Y nos reímos las tres.

Dejé un par de minutos para que la harina se tostase un poco y fui vertiendo la leche despacio para evitar que se formasen grumos. Acabé poniendo una pizca de sal.

—Echa un poco en el fondo de la fuente.

Le hice caso y después fuimos enrollando pequeñas cantidades de carne en cada una de las láminas. Las colocamos en la fuente con orden y cuidado y las cubrimos con el resto de la salsa que quedaba. Rallamos un poco de queso, lo pusimos por encima y lo metimos todo al horno.

Cuando los señores llegaron ya nos había dado tiempo de poner la mesa, habíamos vestido a María y esperábamos las cuatro charlando en la cocina. La pequeña había aprovechado el rato que nosotras estábamos en la cocina para preparar un dibujo con muchos colores mezclados como regalo a su madre. Se lo entregó nada más entrar en la casa y doña Sara se mostró sorprendida y agradecida con el detalle. Nos sentamos a la mesa y la abuela apareció triunfal con la bandeja.

—Pero, mamá...

—Yo no he hecho *res*, lo han hecho todo ellas dos solitas.

Se levantó y besó a su madre con una ternura intensificada. Y yo volví a echar de menos a la mía. Nunca podría cocinarle y ella nunca podría besarme. Nos miró a las dos y nos lanzó un beso al aire que atravesó la mesa de un extremo a otro. Me sentía bien en aquella familia. Veía comprensión, cariño, amor y, lo mejor de todo, me lo demostraban.

MARTA (IV)

El tiempo pasaba rápido respirando aire limpio, y me di cuenta, por primera vez en la vida, de que no me importaba estar sola. De alguna manera estaba rodeada de cosas que me eran tan familiares que me sentía acompañada. El olor de la abuela seguía en cada cajón y su imagen en cada rincón. El plazo para escribir la siguiente columna se estaba acabando, así que decidí ponerme a la tarea. Estuve toda la mañana trabajando sin quitarme de la cabeza que debía hablar con mi padre. Contarle que había descubierto a su prima, que había hablado con ella, que podía contarnos muchas cosas de su tío. Sin embargo, con la llamaba no obtuve lo que esperaba.

—Pero, Marta, ¿por qué te metes? Si mi madre no nos contó nada, por algo sería, ¿no? Si ella no quiso volver a tener contacto con ellos, algo tuvo que ocurrir. No lo sé, y tampoco me importa. No quiero saber nada de esa mujer, aunque ella no tenga la culpa. Pero no debemos remover el pasado. Está muerto, igual que ella, igual que todo lo demás. Si tenemos de todo, tú tienes la vida que quieres. No le des más vueltas.

Me hubiera gustado contarle que podríamos ser millonarios, no sé por qué no lo hice en ese momento, pero me callé. Cuando lo descubriese todo tendría que ir a firmar como heredero. No le dije nada, estaba segura de que no se negaría. No podría negarse a añadir algún cero en su cuenta bancaria.

No estaba haciendo nada malo. Esos campos estaban en el registro a nombre de su abuelo. Así que estaba claro que un tercio de todo aquello le correspondía a él. También a Juan y al tercer hermano. No sabía cómo buscarlo. Le preguntaría a mi nueva tía si ella sabía algo en el próximo correo.

El abogado me había puesto al corriente: en el registro todavía figuraba el nombre de Pascual Partearroyo como propietario de todo aquello. Tal vez si tuviésemos las escrituras sería más fácil heredar. Pero sin estar el tercer hijo o sus descendientes sería difícil. Sólo tenía un nombre. José Partearroyo de Miguel había aparecido en una carta de Juan de 1942. En esas letras pedía que no preguntara más por él, que se lo quitara de la cabeza, que en Francia las cosas se estaban poniendo feas y que a saber qué había sido de él.

Llamé al bufete y le dije los nuevos datos. Me pidió que buscase en las listas de víctimas de la Segunda Guerra Mundial. Tal vez era más fácil empezar por ahí. No sabíamos nada más de él. Busqué durante todo el día y no encontré su nombre entre los listados. No iba ser fácil.

Las chicas llegarían pronto, me habían llamado para avisar que vendrían Ana y Berta, Lucía debía quedarse en Madrid para hacer toda la documentación de adopción. Además, no podía dejar de lado su trabajo. No hubiera imaginado nunca que Berta tuviera ganas de regresar al pueblo. Ella era lo más opuesto a todo eso. Ana se adaptaba a cualquier situación, pero a Berta le quitabas el asfalto y le ponías árboles y ya no era la misma. No se la podía separar de atascos de coches, de sonidos de móviles y de *flashes* de *paparazzi*. Así era ella y así la queríamos.

Llegaron a la hora de la comida. Y mi amiga hizo notar su llegada, con sus Manolos y su bolso de la última colección de Prada. Dejaron las maletas en su habitación y salimos al porche para aprovechar el calor del día.

Durante la tarde Ana y Berta llevaron a Alba a Santilla para comprarle un vestido. Sergio se lo había pedido. La niña necesitaba un vestido para agosto, tenían una boda y a él cada vez se le hacía más difícil ir a comprar ropa con ella. Berta accedió encantada y pidió a Ana que las acompañara. Yo me quedé en el jardín trasero leyendo nuevas cartas.

Marzo de 1942

Querida hermana:

Me alegra saber que estás bien. Aquí está empezando el buen tiempo, ya empieza a llegar gente al balneario. Y yo tengo más trabajo. La verdad es que estoy todo el día, pero no me importa, quiero conseguir todo el dinero que pueda. María Jesús también intenta ahorrar todo lo que puede. Queremos conseguir una casa y en cuanto la tengamos, nos casaremos. Ella aún es joven, pero lo tiene tan claro como yo. No quiere dejar sus estudios, por eso trabajo el doble, para que no le falte de nada. Espero que este año también vengáis. Estoy deseando verte. Seguro que has crecido mucho y ya eres toda una mujer. Aquí te espero.

Siempre tuyo.

Juan

Oí cómo frenaba un coche en la entrada de casa, el sol había bajado y estaba a punto de desaparecer, eran las chicas.

Salí a recibirlas y en la cara de Alba pude ver que el día había sido muy bueno, traía una sonrisa muy amplia que dejaba ver sus pequeños dientes.

—Hola —dije al mismo tiempo que abría la puerta trasera del coche para que bajara la niña—. ¿Qué tal ha ido?

—Muy bien, me he comprado dos vestidos, uno rojo y otro verde, unos zapatos blancos que combinan con los dos y un sombrero, también blanco.

El sombrero llevaba colgando una bolsita transparente con dos cintas para anudarlas a su alrededor, una roja y otra verde.

—¡Cuántas cosas! Entra dentro y me las enseñas.

Berta estaba hablando por teléfono y a juzgar por la expresión de su cara lo que le estaban contando no era nada bueno. Ana entró con la niña a casa y yo esperé a que Berta colgara.

Cenamos las cuatro, pero enseguida vino Sergio a recogerla. Se abrazó muy fuerte a su padre mientras le explicaba lo bien que lo había pasado con Berta y con Ana, y le enseñaba los vestidos, los zapatos y el sombrero. Berta y Sergio se fueron a dar un paseo por el pueblo mientras Ana, Alba y yo recogíamos la mesa. Después fuimos las tres a ver la tele y mientras nosotras tomábamos una copa la niña se quedó dormida. La tomé en brazos y la subí a la habitación de la abuela para que durmiera más cómoda sobre la cama. Cuando bajaba las escaleras escuché voces que procedían del camino y cuando me acerqué a la puerta de la entrada pude ver las siluetas unidas de una pareja besándose, sin duda eran Berta y Sergio, sonreí y entré en el salón para reunirme con Ana.

—Creo que lo de estos dos va en serio —le dije.

—Sí, yo también me he dado cuenta.

En esos momentos entró la pareja de la mano. En la cara de Berta todavía se podía ver la preocupación por la llamada.

—¿Qué ha pasado? —preguntó Ana antes de que yo pudiera decir lo mismo.

Berta se sentó en el sillón grande junto a Sergio, que le cogió la mano y la colocó sobre sus rodillas.

—Me han propuesto codirigir una película en Nueva York —dijo Berta sin mucha ilusión.

—¡Eso es genial! —exclamé—. Pero ¿por qué no te alegras?

—Pues porque si acepto debería estar en América casi un año y eso es muchísimo tiempo.

Apretaba con más fuerza la mano de Sergio.

—Pero es un gran avance para tu carrera —dijo Ana intentando comprenderla, sin éxito.

—Sí, pero allí no tengo a nadie y aquí me necesitáis todos, además yo también necesito teneros cerca —dijo esto mientras acariciaba suavemente la barbilla de Sergio, que la miraba.

No seguimos hablando del tema. Ana sirvió unos daiquiris y estuvimos hablando de la niña de Lucía y también de cosas banales, como los cotilleos del pueblo.

Era muy tarde cuando Sergio se dio cuenta de que tenía que regresar a casa. Subió a la planta de arriba para coger a Alba. Mientras, Berta nos dijo cuánto lo quería y cuánto deseaba estar cerca de él. Sergio apareció con la niña en brazos y pudimos apreciar los bíceps tan bien formados que tenía. Berta salió a despedirlos y enseguida entró para comunicarnos que se iba con Sergio y que volvería por la mañana.

Sergio tenía una casa contigua a la de sus padres, muy pequeña, de planta baja, pero muy bonita y acogedora. Estaba situada cerca de la plaza y por la noche podía escuchar a las abuelas mientras tomaban la fresca y a los niños jugando al escondite.

Ana y yo tomamos otra copa y seguimos hablando de los avances que había hecho en la investigación hasta que nos quedamos dormidas en el sofá.

Nos despertamos al escuchar a Berta que entraba en la cocina, oímos cómo dejaba algo encima de la mesa y venía hacia el salón.

—Pero ¿qué hacéis aquí? —nos dijo sonriendo con sus manos en las caderas, inmóvil bajo la entrada.

—Ayer, que nos quedamos fritas —dijo Ana abriendo un ojo.

—Bueno, pues duchaos mientras preparo el desayuno.

—Oye, ¿qué tal ha ido tu noche? —pregunté al pasar junto a ella rumbo al baño.

—Hemos estado hablando toda la noche.

—Sí, claro, y yo que me lo crea —grité desde el baño mientras oía las risas de Berta y de Ana.

Durante el desayuno Berta nos contó que efectivamente habían estado hablando y que había tomado una decisión ella sola. No iba a hacer la película, así no pasaría tanto tiempo lejos de nosotras y de Sergio, sólo intervendría en la selección de los actores.

Estábamos paseando por el río cuando recibimos la llamada de Lucía. Muy contenta, nos contó que la adopción seguía adelante pero necesitaba viajar hasta Guinea Ecuatorial para recoger a la niña y firmar varios documentos. Nos contó que tomaría el avión la siguiente semana, que estaba feliz y que nos echaba de menos. Colgó con un «adiós, tías» con el que todas reímos.

El día pasó tranquilo, yo leí cartas y las chicas hicieron las maletas, tenían que volver al trabajo. El fin de semana había terminado.

El lunes ya se me hizo raro que no me llamaran del despacho de Sáenz de Ayala. Pero casi lo prefería, porque no tenía ni una cifra que darles, ni una respuesta clara. No se podía vender algo que todavía no era nuestro. Yo me estaba atribuyendo la parte de mi padre. Pero ni siquiera mi abuela lo había heredado, por tanto, no teníamos nada nadie. Maribel me mandó un correo esa mañana y me invitaba a pasar el fin de semana con ella. Me pareció la oportunidad perfecta para conocernos, y descubrir un poco esa parte de la familia, así que acepté la invitación.

El martes fui a visitar a Josefina. Éramos vecinas y llevábamos casi una semana sin vernos.

—Ya sé las novedades, amante. —La miré extrañada—. Sí, mujer, lo de tu amiga. La que siempre va de punta en blanco.

Reí, las noticias corrían que se las pelaban en aquel pueblo. No me extrañaba, siempre había sido así.

—Yo quería hablarte de otra cosa, tía.

—Pues tú dirás.

Sirvió despacio un poco de café en las dos tazas que reposaban sobre la mesa de la cocina y comencé a hablar.

—¿Tú sabías que mi abuela tenía hermanos?

—Algo contó alguna vez, aunque ya te he dicho otras veces que Pilar hablaba poco.

—Pero tú eras su amiga, seguro que sabes algo.

—Mujer… —titubeó y ante mi insistencia continuó—. Sé que tenía hermanos, pero que sabía poco de ellos. Cuando se iba a casar con tu abuelo, quiso que vinieran a la boda. No sé qué fue lo que pasó, pero aquí no vino nadie. Ese día lo pasó muy mal. Se sentía muy sola. Víctor intentó consolarla y sus padres también, pero no lo consiguieron. Lloró mucho. Yo estuve con ella antes de ir a la iglesia. Estaba muy guapa, hermosa, diría yo. Pero triste. Recuerdo que retorcía sin parar un pañuelo de seda. Me dijo que era lo único que tenía de su madre. Que ese trozo de tela le ayudaba a estar cerca de ella. Yo nunca se lo había visto, y nunca lo volví a ver después de la boda.

—¿Un pañuelo rojo, con una franja azul y pequeños dibujos dorados?

—Ese.

—Lo descubrí en el fondo del baúl de la habitación.

—Pues ese pañuelo era de tu bisabuela, lo único que Pilar tenía de ella. Era muy importante. El día de la boda lo llevó en el bolsillo todo el tiempo. Y durante la ceremonia se llevó las manos al bolsillo varias veces. Solamente sabíamos ella y yo el porqué. Le reconfortaba tocarlo. Y ya te digo, nunca más lo volví a ver.

—No sabía que era tan importante para ella. Hasta el otro día no lo había visto nunca.

A Josefina le extrañó que aquella tela tan lujosa fuese de la madre de mi abuela. A mí no. A esas alturas ya sabía que en algún momento mi familia fue importante. Tanta extensión de tierra a nombre de mi bisabuelo y aquel pañuelo de seda. No sabía qué había pasado, pero algo no cuadraba.

Mi abuela nunca había hablado de aquel pequeño pueblo, nunca había hablado de su familia, ni de sus padres, ni de sus hermanos, ni de su vida antes de la boda con mi abuelo. Algo no cuadraba en la historia. Hasta donde yo sabía, mi abuela había tenido una vida humilde. Nunca le había faltado nada, pero había trabajado duro para eso. El abuelo Víctor también lo había hecho. Conocía la vida de él, había nacido en el pueblo donde me encontraba ahora. En la casa donde yo estaba viviendo en esos momentos. Después fue a trabajar a Zaragoza en las aguas. Allí conoció a mi abuela. Se casaron y tuvieron a mi padre. Vivieron allí hasta que, al jubilarse, volvieron al pueblo.

No le dije nada a Josefina, me despedí y salí a dar un paseo. El sol calentaba de cuidado. Saludé a los franceses que veían pasar la tarde desde la puerta de su casa. Necesitaba pensar, pero no hay que pensar de más. Tenía tantos interrogantes sin respuesta...

El viernes me levanté escuchando el sonido de los pájaros, era una de esas ocasiones en las que sin saber exactamente por qué te despiertas con más vitalidad y más feliz que cualquier otro día. Fui hasta la ventana y contemplé el paisaje, toda esa obra maravillosa que alguien había puesto ahí un día y ahora yo estaba mirando. Hacía una mañana espléndida, un sol que calentaba desde que posaba sus rayos, pero a esas horas era tan grande que parecía que fueran las dos del mediodía.

Miré el reloj para comprobar que podía llamar a Ana, seguramente estaría ya en el despacho 202 del piso décimo, preparando algún plano para algún señor millonario. Bajando a la cocina busqué su número en el móvil y mientras comenzaba a sonar puse agua en la cafetera. Al tercer toque contestó Silvia, una chica de unos veinticinco años que había estudiado trabajo social y, al verse desempleada, aceptó la oferta de Ana para ser su secretaria.

—Hola, Marta, soy Silvia. Ana está reunida y me ha dejado aquí su teléfono.

Silvia era muy eficaz pero hablar por teléfono no le gustaba nada, así que hacía su trabajo lo más rápido posible.

—Muy bien, no pasa nada, sólo dile que me llame cuando termine.

—Está bien, se lo diré en cuanto salga de la sala de juntas. Adiós.

Apagué el fuego, vertí todo el contenido de la cafetera en una gran taza de porcelana y me fui al porche. Estuve mirando el correo electrónico, tenía tres mensajes de publicidad y uno del periódico. Borré sin leer la publicidad y abrí el del periódico. Me felicitaba el director por mi última columna y me pedía que colaborara en un reportaje sobre la moda del próximo otoño, para publicarlo en una de las ediciones dominicales de agosto. No contesté en ese momento, tenía que pensarlo. Llevaba tantos días aislada de todo lo que me había rodeado hasta ese momento que no sabía si sería capaz.

Con el café todavía humeante en la mano subí arriba y comencé a hacer la maleta, mi fin de semana en el pueblo de Juan y Maribel estaba a punto de comenzar.

Ana me devolvió la llamada al mediodía. Me contó que había estado reunida con un actor italiano que quería construirse una casa en Andratx, un pueblo de Mallorca, cerca de la costa. Que había hablado con Berta la noche anterior de venir a visitarme el fin de semana y que había cenado con Lucía. Le informé de que no estaría y que les dejaba las llaves junto al melocotonero, debajo de la piedra grande.

Después de comer cargué la maleta en el coche y arranqué. Estaba nerviosa y entusiasmada a la vez. No sabía tanto de Maribel, pero me había gustado que me invitara sin conocerme. Tenía por delante a una mujer a la que conocer, una familia entera de la que escuchar su historia. La música se conectó automáticamente y partí hacía aquel pueblo del que no conocía prácticamente nada. Como tantas veces, cuando escuché los primeros acordes del *Yo te diré*, vinieron a mi memoria mi abuela y mi infancia, comencé a cantar siguiendo la canción. Era uno de esos pequeños momentos que constituyen la felicidad.

Tomé el desvío que indicaban los carteles de la A-2 y seguí las vías del tren como me había dicho mi anfitriona. Te encontrarás un desvío al Monasterio de Piedra, pero sigue dirección Madrid. Pasarás las fábricas y al salir de los túneles te esperamos a la izquierda. Así lo hice y enseguida me encontré su Opel Insignia blanco. Paré justo al lado y del lado del copiloto descendió la mujer con la que me había estado escribiendo. Las fotografías de su Facebook no le hacían justicia, en persona parecía más alta, más rubia y sus ojos mucho más azules.

—Hola, bienvenida.

Nos dimos dos besos mientras bajaba del coche un señor de edad parecida.

—Éste es mi marido, Luis.

Me saludó con la misma efusividad que lo había hecho su mujer y me sentí en familia. Me pareció que los conocía de antes. Tal vez fue lo que quise que me pareciera.

—Síguenos con tu coche.

Tras atravesar la mitad del pueblo giramos a la derecha. Paramos frente a una casa de ladrillo amarillo. Una puerta de tres hojas de madera y cristal protegido por barrotes. Dos ventanas anunciaban el primer piso y otras dos, más pequeñas, el segundo. Desde fuera no parecía tan grande como realmente era. Un patio cerrado, forrado de madera con una mesa camilla, un baúl y un espejo, daba paso a una escalera. Antes de comenzar la escalera había dos puertas, una frente a otra. Un lavadero con suelo de ladrillo y techos altos. La otra puerta daba lugar a dos cuadras grandes.

—Aquí tenía mi padre el macho cuando éramos niñas.

El final de las cuadras se comunicaba con un corral grande, un gallinero y un leñero de obra. No habían tocado mucho y se notaba. Sentía que estaba entrado en otra época y me recordó a la casa de mi abuela.

Subimos al primer piso y un recibidor distribuía sabiamente todas las estancias. El recibidor seguía forrado con las mismas maderas del patio. En una mesita se apoyaba el teléfono de ruleta de un color indeterminado entre el blanco y el amarillo claro. Había cuatro puertas, el salón, una habitación, la cocina y un pequeño pasillo de no más de dos metros donde estaba el baño y otra habitación.

—Este será tu cuarto.

Dos camas separadas por una mesilla, un baúl y un armario. Había dos sillas de madera clara apoyadas en la pared y una pequeña ventana que daba al corral.

—Deja la maleta, te enseño el resto.

El segundo piso tenía otras cuatro habitaciones, a la izquierda una muy pequeña, con dos baúles, una mesa y un jamón colgado de un gancho clavado en un madero del techo. De ésta se pasaba a una terraza cubierta por una uralita. En las viejas paredes colgaban un par de bicicletas tan antiguas como aquella casa. Pasamos a la siguiente habitación. Tenía techos abuhardillados y un conjunto de muebles de madera blanca estupendos. Un armario con un espejo que ocupaba toda la puerta. Una estantería y una antigua cuna.

—Tiene más de cincuenta años, era nuestra y por ahí han pasado nuestros hijos y nuestros nietos.

La siguiente habitación volvía a tener otro baúl y otro armario antiguo, dos sofás orejeros con estampados en tonos verdes oscuros, una cama, dos mesillas y una máquina de coser Singer con su propia mesa. Era negra y un dibujo dorado que la hacía resaltar por encima de todo en aquella habitación.

Pasamos a la última habitación, con una cama pequeña y un montón de cosas para niños pequeños de todas las épocas. Había un par de carros, una trona, un parque y diversos juguetes.

Bajamos a la cocina y, mientras Maribel hacía la cena, le conté todo lo que sabía. Me parecía injusto no contarle lo que me habían ofrecido por las tierras en Huerta de Saelices. Ella era mucho más heredera que yo. Le conté que debíamos buscar al tercer hermano. Que sin su firma o sin la de sus descendientes no se podría heredar. Pero al hablar con ella me surgieron muchas más dudas.

Deberíamos saber si se cultivaban aquellas tierras y, si así era, quiénes lo estaban haciendo. Tendríamos que ir hasta aquel pueblo y ver qué era lo que nos pertenecía. Le conté que deberíamos conseguir las escrituras.

—Pero eso no es fácil, a saber.

Cambió la conversación hacia nuestras vidas. Le conté que éramos cuatro hermanos, que la abuela había tenido un hijo y nos pusimos al día de fechas familiares. Me contó de su hermana Teresa. Tenía dos años más que ella y todos los veranos coincidían es esa casa. Las dos familias volvían a ser solo una con hijos, con yernos y con un montón de nietos que juntaban entre las dos. Parecía una mujer feliz, llena de vida. Y lo era. Su vida parecía estar en orden. Luis había ido a correr para dejarnos a las dos a solas. Llegó justo para ducharse y cenar.

—Me gusta correr aquí. En Zaragoza el aire no es tan bueno. Aquí cojo el camino y no lo suelto. Me siento libre.

El matrimonio había vivido siempre entre Zaragoza y Alhama de Aragón. Vivían al principio de la avenida de Navarra, en la calle Santa Orosia y sus hijos estaban repartidos por el mundo. Una hija en San Francisco, trabajaba para Google. Otro hijo en Madrid y la pequeña en Bélgica. Su hermana, Teresa, también tenía tres, dos hijos y una hija, y seis nietos. Dos de cada hijo. En menos de dos meses se juntarían todos allí como cada año.

La sobremesa se alargó hasta entrada la media noche. Teníamos mucho que contarnos. Cuando me metí en aquella cama extraña descubrí que había hecho bien aceptando aquel ofrecimiento.

Por la mañana, Maribel me invitó a acompañarla hasta el balneario. Fuimos dando un paseo y hablando despacio. Teníamos tanto que decir que era extraño. Sin conocernos parecíamos unidas. Éramos familia y en algo se tenía que notar. Me fue explicando cada lugar. Entramos en el balneario donde siempre trabajó su padre. Saludó al recepcionista y nos dio permiso para pasear por los jardines. Recordé cada una de las cartas que la abuela recibía. Lo podía imaginar, menudo, pequeño y rápido. Lo podía ver podando setos, y llevando equipaje de un lado a otro. Era un jardín precioso con miles de plantas diferentes. Podía sentir al pequeño niño que era trabajando duro. Los días de sol y los días de nieve. Trabajando sin descanso para poder casarse con aquella chica joven. Trabajando sin descanso para poder comprar aquella casa hermosa de suelos multicolores con formas geométricas. Podía ver todo el esfuerzo que aquel hombre había hecho para conseguir lo que sus hijas tenían ahora. El esfuerzo para que toda su familia pudiese juntarse cada verano. No había visto ninguna foto de él, pero su hija me ofreció ver el álbum familiar después de comer.

Regresamos a casa al mediodía y comimos con tranquilidad. Luis había preparado una pequeña fogata en el corral y cuando llegamos ya estaban las brasas esperando a la carne. Hacía mil años que no comía nada a la brasa. Y de repente, me apeteció todo lo que había sobre la mesa. Abrió una botella de vino Borsao y depositó el estupendo jugo en tres copas apropiadas.

—Esto estará enseguida.

Había preparado una mesa redonda de jardín de plástico blanco con los tres cubiertos y una ensalada en el centro.

Después de comer, Maribel bajó el álbum de fotos de sus padres y estuvimos mirándolo hasta mitad de tarde.

—Mi padre se preocupó siempre de que no nos faltase nada. Cuando se casaron, mi madre tenía dieciséis años. Era muy joven y mi padre quiso que siguiera estudiando. Mis abuelos también la ayudaron. Por eso fue maestra y estuvo en las escuelas de aquí. Tardaron mucho en tenerme. No llegaban los hijos. Cuando me tuvieron a mí, llevaban nueve años casados y tras darme a luz enseguida se quedó embarazada de mi hermana. Nos llevamos poco más de año y medio.

Se veía una familia común. Las niñas iban vestidas igual en todas las fotos y parecían gemelas. Juan se parecía mucho a mi abuela. Tenían los mismos ojos y si lo hubiese visto en cualquier otro momento no hubiese dudado de que eran hermanos. Estaba claro. Los mismos ángulos en la cara y la misma mirada brillante. Los ojos de la abuela también habían hablado por sí solos siempre. Parecía un hombre feliz. Una familia contenta. Sin embargo, ninguno era tan rubio como Maribel ni ninguno en la familia tenía los ojos tan azules.

A mitad de tarde subimos a la habitación con los sofás orejeros. La máquina de coser resplandecía con los rayos de sol. Las dos teníamos la esperanza de encontrar algo en aquel armario.

—Esto no se abre desde tiempos inmemoriales. Era el cuarto de mi madre. A ella le gustaba mucho coser. Y aquí se pasaba horas enteras frente a la ventana. Yo he crecido con el sonido de la máquina. Ella nos hacía toda la ropa. Hasta tengo cosas que les hizo a mis hijos.

En el armario había ropa antigua, principalmente de mujer, y en un extremo una maleta se dejaba notar. La sacamos, era muy pesada de piel negra. Los anclajes estaban oxidados. Nos costó abrirla, pero pudimos con ella. Dentro había una mochila de cuero también muy pesada. La pusimos sobre la cama y comenzamos a sacar mil papeles que había en su interior.

—¿Me crees si te digo que en mi vida había visto esta mochila?

Había muchos papeles de muchas cosas distintas. Al final de todo apareció una carpeta azul descolorida, los cantos parecían hojas de libros despegadas entre sí. Las gomas ya no eran elásticas. Si no la hubiésemos cogido con cuidado se hubiese desparramado todo el contenido. La abrimos. Y no supimos qué decir.

Había cientos de cartas. Tantas como las que tenía la abuela en su casa. Y todas con el mismo remite: Pilar Partearroyo. Eran sobres de tamaños diferentes y distintos tonos del blanco al amarillo. Maribel no tenía idea de qué eran esas cartas, yo sí. Al final de todo, había un sobre grande marrón, pesaba bastante. Sacamos lentamente el contenido y allí estaba.

Notaría. El nombre del notario que firmaba como abogado y notario. Guadalajara. Escritura. Manifestación de herencia otorgado por D. Ramón Partearroyo Palacios. Autorizada. 30 de abril de 1921.

Le miré extrañada. No conocía ese nombre. Pero ella sí.

—¡Es el abuelo de mi padre!

No dije nada. Nos abrazamos.

PILAR (IV)

El tiempo pasaba rápido, llevaba casi cuatro años en aquella casa y había conseguido habituarme a las rutinas. Una rutina puede ser lo mejor y lo peor. Y en ese momento era lo mejor.

—Pilar, después de cenar acude a mi despacho, por favor.

No creía haber hecho nada malo, pero don José María parecía muy serio. La cena fue diferente a cualquier otra. Las niñas estaban calladas y doña Sara más recta de lo necesario. A mi cabeza le dio tiempo de imaginar miles de cosas entre cucharada y cucharada de sopa. El caldo se me hacía cada vez más denso y antes de acabar el plato ya me costaba tragarlo. Miraba sus caras y parecían saber más que yo. No sabía nada y tampoco pude adivinar lo que me esperaba en ese despacho. Tal vez ya no me necesitaban. Yo me había creado una sensación de pertenencia a aquella familia que no me correspondía. Y yo pensaba que ellos también sentían aquella pertenencia como suya. Pero no me podía engañar como me había estado engañando todos esos años. Yo no era una Hidalgo, nunca lo había sido, pero ellos me habían tratado como una de ellas. Mi cabeza volaba a mil por hora pensando mil cosas, intuyendo que no me querían más allí. Y tampoco iba tan desencaminada. La cosa se puso más fea cuando acabamos los postres. El padre se retiró, como de costumbre a su despacho, y yo intenté retirar la mesa con las niñas y la madre, pero doña Sara me dijo:

—Deja, recogemos nosotras, Pilar, ve a hablar con mi marido.

Me lo dijo con voz triste y yo temí lo peor. Entré al despacho después de llamar muy suave y con la esperanza de que no me dijese lo que me iba a decir. Él también parecía triste, casi abatido diría. Me senté al otro lado del escritorio y dejé de pensar. Hay veces que es mejor no pensar que pensar de más.

—Te voy a contar algo, Pilar —y comenzó a hablar despacio en el mismo momento en que yo comenzaba a pensar de nuevo—. Yo nací en una zona de vinos a setenta kilómetros de aquí. Tengo un hermano mayor que sigue viviendo en el pueblo donde nacimos los dos. Se casó allí y tiene cuatro hijos que se dedican a la viña. Los chicos son jóvenes, fuertes y trabajan duro la tierra que heredaron de mi madre. La mujer de mi hermano murió hace unos días. Me ha llegado una misiva esta mañana. Me piden que vayas con ellos. Necesitan a alguien que organice aquella casa. Necesitan una intendenta y sé que lo podrías hacer muy bien.

No supe muy bien qué responder, pero solamente podía aceptar. No era una de ellos, aunque me hubiesen hecho sentirme así. Lo comprendía.

Pocos días después me despedí con mucha tristeza, muchas dudas por lo que me esperaba y una cierta expectación que da lo desconocido. Me monté en aquel coche que me había llevado años antes hasta Zaragoza y emprendimos un viaje que se me hizo eterno. Llegamos a un pueblo que nos recibió con una luz plena.

—Mira, Pilar, eso que ves ahí es el castillo.

No lo pude diferenciar con claridad, veía una edificación, pero me costaba identificarlo con un castillo. A don José María se le iluminó la cara.

—Este es mi pueblo, ya verás cómo te gusta. Yo aquí he sido muy feliz. Espero que tú también lo seas.

Seguimos con el coche carretera adelante y, dejando el castillo a la derecha, nos recibió un Moncayo casi tan imponente como un dios. Me pareció hermoso aquella mañana de finales de marzo cuando aún quedaba nieve sobre la cumbre. A las afueras del pueblo junto a la carretera había un taller de metales. Giramos en sentido contrario para dejarlo a nuestra espalda y comenzar por un camino que yo recorrería durante las mañanas de muchos días.

—Este es el camino que me lleva a casa.

Aminoró la marcha y ese camino, que se haría más corto cada día, en ese momento me resultó interminable. Llegamos a una bifurcación.

—Si tiras hacia la derecha te encontraras una balsa. De niño veníamos a bañarnos. Todavía viene mucha gente en los días de fiesta.

El coche giró a la izquierda, cruzamos por un puente sobre el pequeño río. Y seguimos adelante.

—Por aquí hay varias torres, pero la gente vive bastante aislada. Serás muy feliz, ya verás.

Tras unos minutos llegamos a la finca. Aquello parecía un palacio, con dos torreones cubiertos de hiedra. Me pareció tan impresionante aquel lugar que no me importó despedirme de don José María. Conocí a su hermano, que en aquel momento me dio la impresión de ser un hombre de campo amable y que, después, me presentó a sus hijos, cuatro hombres que iban de los quince a los veintiún años.

Esa primera noche descubrí que no tenía una tarea fácil. Tras la cena, el padre y los tres hijos mayores pasaban a la biblioteca para tomar una copa, fumar y jugar al guiñote. Pasaban horas jugando a las cartas y yo comencé a hacerme invisible. El ritmo de aquella casa era muy parecido al de la casa en la que yo había nacido. Y me acordé mucho de Lola. Cada vez que me remangaba me acordaba de ella. Cada vez que me iba a lavar recordaba aquellos días que creía que se habían esfumado. Es curioso lo que hace la memoria en la cabeza de la gente. Pensaba que había olvidado aquellas mañanas en las que el cesto de la ropa pesaba tanto que me era imposible transportarlo. Lo que nos duele se hace pequeño en nuestra memoria, tan pequeño que intentamos no recordarlo para creer que nunca ha sucedido. Pero lo que viví en aquella vivienda alejada de cualquier civilización ha sido imposible borrarlo. Porque, aunque nunca lo haya contado en voz alta, aunque intentase no recordarlo, ha permanecido intacto.

Llevaba una semana en aquel lugar remoto cuando comprendí que el guiñote me iba a dar la mayor desgracia de mi vida. Al hermano pequeño lo dejaban fuera, el guiñote se jugaba en dos parejas y la que ganaba volvía jugar. A veces las rondas eran a la mejor pareja de cinco juegos, o la que ganaba en siete partidas. Pero la última siempre la jugaban entre dos. La pareja perdedora se retiraba a su habitación y desconocía quién era el ganador. Yo supe cada noche qué hombre era el que ganaba. Porque el ganador abría la puerta de mi habitación y disfrutaba de su triunfo. Yo era el trofeo por el que jugaban cada partida. La primera vez quise gritar, pero comprendí que nadie me oiría, que era imposible ser rescatada. Cada noche era uno y abandonaba la habitación antes del amanecer, cuando ya se había cobrado su premio. Ninguno de ellos, nadie se preocupaba de mí. Estaba sola en medio de la nada. Y tras la tercera noche supe que iba a ser así cada día del resto de mi vida. Lola era feliz en mi casa, esa era la diferencia conmigo. Yo fui haciéndome cada vez más pequeña. Era como si al echar las cartas sobre el tapete comenzasen a acordarse de que yo existía. Dejé de comer, quise abandonar aquel lugar y echar a andar como lo había hecho de niña. Pero no tenía ningún lugar adonde ir. Y tampoco estaba la mano de mi hermano para mostrarme el camino. Cada mañana seguía haciendo mi trabajo y cada noche quería desparecer cuando escuchaba que la partida había concluido. Nunca sabía con certeza quién de los cuatro iba a entrar sin llamar y se iba a apropiar de lo único que me quedaba. Solo me quedaba mi cuerpo, porque mi dignidad había desaparecido a cachos noche tras noche.

Llevaba más de un mes de cautiverio, pero aquella mañana de mayo parecía festivo porque lo era. Mis dueños se iban a la romería para bailar con las chicas de su pueblo. Por eso agarré del suelo todos los trozos de mi dignidad desperdigados, me vestí y caminé sola hasta el pueblo. Seguí la acequia del borde del camino y llegué hasta la carretera, me adentré por las calles desiertas y silenciosas y, por fin, pude ver un poco de luz. Parecía un espejismo, no sabía si era real lo que estaba viendo. Habían pasado algunos años y creí que veía lo que quería ver y no la realidad. Corrí hacía ella esperando que fuese una ilusión. Pensé que se daría la vuelta y no sería ella. Aceleré para evitar que se alejara y rezando porque fuese real lo que estaba viendo.

—Mamen, ¿eres tú?

Se giró hacía mí y su cara me devolvió la fe en la gente, en la bondad de la gente. Esa creencia que se había desmenuzado al mismo tiempo que mi dignidad.

—Pero, pero...

No pudo articular más palabras hasta después de abrazarme.

—Pero, amante, ¿qué haces tú aquí?

Sonreía y me abrazaba y tardé en darme cuenta de que había envejecido. Su rostro tenía las arrugas que da el paso del tiempo.

—Déjame que te vea, te hacía en Zaragoza.

—Estoy en la torre de los Hidalgo.

—Espera, amante, vamos a casa y me cuentas lo que ha sido de tu vida. ¡Qué alegría encontrarte y qué delgada estás! —Me abrazó por los hombros y me guio.

Me mostró su casa y se disculpó por no poder presentarme al resto de su familia. Se había casado, había vuelto a su pueblo. Le pregunté por Inés y me dio buenas noticias.

Mamen no lo supo nunca, pero gracias a ese encuentro pude soportar mi estancia en medio de la nada más absoluta. Llegué al punto en el que nada podía perder y entonces solamente me quedaba superarme.

—Mira, él es mi marido —y me mostró una fotografía de su boda—. Cultiva lavanda en Soria, trajo un cargamento al balneario y así nos conocimos hace dos años. Normalmente vivo allí, pero por las fiestas estoy aquí. Ya sabes lo que quiero yo a mi pueblo.

Mi liberación fue ella, ese momento, ese lugar. Esas semanas escasas en las que, en los cruces de caminos que tiene la vida, nos encontramos. Era la persona más cercana que tenía, aunque metida en aquella casa todo lo que estaba más allá de sus muros me pareciese una distancia abismal. Un poco más de un kilómetro me separaba de la casa de mi amiga, pero era un trecho imposible. Tenía suerte cuando había que comprar algo. A menudo hacia el camino corriendo para poder pasar a visitarla y que no se notase el tiempo empleado en traer aquella achicoria. En la oscuridad tenía mi infierno personal pero cada mañana, y para mi sorpresa, volvía a abrir los ojos. No me hubiese importado seguir un sueño eterno, con los ojos cerrados y mi cuerpo relajado, era más llevadero todo. Hasta ese momento no supe cuánto daño se puede hacer con una sonrisa, cuánto daño se puede hacer siendo amable. Porque cada noche, cuando se abría mi puerta, uno de ellos sonreía, se metía en mi cama y me acariciaba. A veces incluso reían y me susurraban al oído cuando yo ya no estaba junto a ellos. Mi cabeza volaba hasta cualquier lugar. Volvía a mi pueblo, al olor de mi madre o incluso a los caminos empujada por mi hermano. Cualquier lugar era mejor que ese, cualquier lugar era menos doloroso. A menudo, me escapaba entre los recuerdos de los libros de la casa de calle Unceta. Un regreso alegre al lugar donde había sido feliz. Pero la realidad volvía y era un mazazo constante que me debilitaba cada vez.

Para remediar todas mis desgracias cumplía años, y me iba haciendo mayor. Había pasado de puntillas por una guerra y yo tenía catorce años. Unos días después de cumplirlos, a las tres semanas de haber llegado a aquel remoto lugar, yo pesaba menos que una fanega de trigo. Don José María volvió de visita y fue el remedio a todos mis males.

—Don José María, ¡qué alegría!

Y su mirada vino a desmentirme. Porque enseguida vio que algo fallaba en mi cara, en mi cuerpo.

—¿No comes?

—Poco, pero estoy bien.

Mentí y él debió comprenderlo todo porque esa misma tarde estaba sentada junto a él en un coche que hacia el camino inverso al que había hecho un mes antes. No habló nada, yo tampoco. El abrazo de doña Sara y las sonrisas de las niñas bastaron para renovar las gastadas energías de mi cuerpo. Esa noche volví a mi habitación y a una cama en la que tenía la certeza de que no se metería nadie más. El calor de la vuelta al hogar me bastaba para reconciliarme, una vez más, con la vida. No podía dormir, intentaba cerrar los ojos y era imposible, así que volví a escuchar conversaciones como había hecho años antes con mis hermanos.

—No teníamos que haberlo permitido...

—No tuve otra opción Sara, mi hermano...

Las frases llegaban sesgadas, pero sabía que estaban hablando de mí.

—No podía imaginar que me la encontraría así...

—Has hecho bien en traerla de vuelta...

Por la mañana, la casa estaba en calma. Acudí a la cocina con la esperanza de que volviese Peana. Y volvió con la alegría inmensa de encontrarme de nuevo. Nunca supo que esa simple acción de tenerla tras la puerta cada mañana era mucho mejor para mí que para ella. La despedí y, cuando me giré, descubrí a doña Sara mirándome. No hablé y la miré y ella vino a abrazarme más fuerte de lo que lo había hecho el día anterior. Con ese abrazo me pidió un perdón que no era necesario. Y nos miramos las dos comprendiéndolo todo. No hizo falta más. La vida siguió.

En 1943 yo ya tenía dieciocho años. Doña Sara y don José María me trataban como una más. Llevaba años notando la escasez a mi alrededor, pero en aquella casa teníamos de todo. En el sótano había jamones secando, y doña Sara nos traía chorizos en latas de unos cuantos kilos. Los sacábamos y los dejábamos para que se orearan. Con esto conseguíamos que se secaran para comerlos con gusto. Don José María no permitió que nos faltase la comida, todo el dinero que recogía lo invertía en eso. Su mujer se encargaba de conseguir de una forma u otra lo necesario.

—Quince duros por una botella de aceite, ¿adónde vamos a llegar?

Recuerdo que saboreamos cada gota de aquel oro líquido. Lo conservábamos para las ensaladas, para comerlo con pan. En el sótano se guardaba el carbón, pero también todo lo demás. Las carnes se aireaban y los melones se conservaban hasta Navidad. En el corral cebábamos al cerdo todo el año y teníamos las gallinas suficientes para la familia.

Mi hermano se había casado en junio y yo no había podido ir. Cristina había enfermado y no la había querido dejar. El médico nos anunció lo peor a finales de mayo. Pero al comienzo del verano parecía que el color volvía a sus mejillas. Juan lo entendió y María Jesús también. La había conocido el año anterior y parecía buena chica, tal como me había contado mi hermano en sus cartas. Estaban ilusionados y yo me alegré por los dos. Ya era hora de que disfrutásemos un poco de la vida. Nos tocaba a los dos.

Doña Sara me pidió aquella mañana que fuese a la fábrica a llevarle la comida a su marido. Siempre venía a comer a casa, pero ese día tenía que quedarse a trabajar todo el tiempo. Puse la tartera en una bolsa de tela con un buen trozo de pan y bajé a la calle. Emprendí con paso ligero el escaso camino. La fábrica deslumbraba, un peldaño de entrada aguantaba una gran puerta de unos cuatro metros de altura por tres de ancho. Una hoja era fija, la otra, movible, la que todo el mundo utilizaba para entrar y salir. Hasta la parte de la cerraja era toda de madera oscura, y la parte superior de cristal. Con eso se aseguraban la iluminación del interior sin dificultad y en cualquier época del año. Cuando llegaba la hora del cierre colocaban unas contraventanas de madera sobre el cristal y quedaba todo el interior protegido.

Llegué pasada la una del mediodía y los trabajadores estaban saliendo. Disponían del tiempo suficiente para llegar a casa, comer y estar de regreso a las tres en punto. Don José María tenía reunión en su despacho con uno de los agentes de venta de Madrid. Tenía agentes en muchas ciudades de España.

Dentro de la nave, los puestos estaban bien diferenciados. Por un lado, estaban los hombres, montadores y cortadores. Alrededor de sus puestos cientos de kilos de cuero de varios colores. Muchas máquinas necesarias para realizar los trabajos se alineaban alrededor de todo el espacio. Las mujeres eran guarnecedoras y adornadoras. Me encantaba el puesto de éstas últimas. Sus puestos estaban sobre un altillo desde donde se divisaba toda la fábrica. Tenían muchísimas cajas de cartón apiladas formando una pared infranqueable y una mesa central donde apoyaban cada pieza para lustrarla antes de empaquetarla.

Escuché cómo hablaban los dos hombres. Calzados Forcén, los de la calle Cerdán, estaban vendiendo mucho este año, le informaba el agente.

—Bueno, ese no es asunto nuestro. No somos rivales, somos compañeros.

Calzados Forcén no tenían fábrica en el barrio. Ellos eran de Illueca y tenían allí todas sus fábricas. Sin embargo, en el barrio eran muy conocidos y su género muy apreciado. Don José María se llevaba bien con los Forcén, sobre todo con el padre. Algunas veces, cuando el hombre venía a Zaragoza, pasaba a visitarlo y se iban a comer unas gambas a la taberna de la esquina antes de regresar a casa.

Entré despacio y los dos hombres se voltearon.

—Le dejo esto aquí.

Deposité la bolsa en el escritorio.

—Está bien, dile a Sara que llegaré para la cena.

Salía ya del despacho pero don José María pausó su conversación con el agente.

—¡Pilar! —Me giré para mirarle—. Gracias. —Y me guiñó un ojo como le había visto hacer tantas veces a sus hijas.

Cuando llegué a casa fui directamente a la habitación de las niñas. Cristina seguía durmiendo. En la cocina, doña Sara terminaba de cortar el tomate para la ensalada.

—No sé si despertarla o no, debería comer algo.

—Le dejo un poco de sopa para cuando se levante.

—Sí, igual es lo mejor.

Por la tarde quedé para ir a pasear hasta la plaza del Pilar con Peana, Beatriz y su marido. Regresé con tiempo suficiente para poner la mesa y ayudar con la cena. Antes de las nueve escuchamos desde la cocina la puerta de la entrada. Don José María silbaba y no dejó de hacerlo hasta que entró en la cocina y agarró a su mujer por la cintura para atraerla hacia él y besarla.

—Tengo una sorpresa para ti. Tengo hambre. Huele rico.

—¿Qué es? —preguntó sonriendo.

Hacía bastante tiempo que no veía sonreír a doña Sara, desde que su hija estaba enferma su sonrisa había desaparecido por completo de su rostro.

—La semana que viene vendrán a instalarnos el teléfono. Lo pondrán en la fábrica y aquí. He pensado que podrían poner un aparato en mi despacho y otro en la cocina. ¿Qué te parece?

—¿Podré hablar con mi madre? —la mujer parecía una niña pequeña, tan emocionada estaba como si hubiera descubierto los regalos de los Reyes Magos.

—Con quien quieras.

Me puso triste el no tener a nadie a quien llamar. Tal vez Juan pudiera usar el teléfono del balneario, pero lo dudaba. De cualquier forma, lo tenía en mis cartas. A José ni siquiera lo tenía por papel. Hacía ya siete años que no sabía nada de él, siete años y una guerra en medio en toda Europa. No tenía idea de si vivía o había muerto. No quería pensar en esas cosas. Tal vez se había casado, igual tenía hijos. Igual había vuelto a nuestro pueblo como había prometido aquella noche y no nos había encontrado. No sabía nada de él y no lo podía hablar con nadie. Juan ya me había dejado claro en sus cartas que no volviese a preguntar por él. Que me metiera en la cabeza que nos había abandonado cuando más lo necesitábamos. Pero entonces yo era una niña y él mi hermano mayor. Yo tenía el sentimiento de abandono, sabía que nos había dejado, pero el amor era más fuerte. Por momentos me había sentido decepcionada. Me había sentido sola. Pero mi amor hacia él siempre ganaba.

Cristina ya estaba mejor, y esa mañana volvió al colegio. Las niñas eran suficientemente mayores para ir solas pero doña Sara seguía su rutina. Las acompañaba al colegio y durante ese rato yo me quedaba en la biblioteca. A esas alturas ya había devorado casi todos los libros. Biografías de reyes, libros de aventuras, alguno de economía mercantil... Me habían dejado al mando porque iban a llegar los técnicos del teléfono, ya sabía dónde debía indicarles para que los pusieran. Tal como estaba previsto, a las nueve y media de la mañana llamaron al timbre. Abrí y un chico vestido de azul me saludó.

—Soy de Telefónica, vengo por lo del teléfono.

—Yo soy Pilar, pasa.

Lo acompañé hasta el despacho de don José María y me di cuenta de que estábamos solos.

—Esto llevará un rato, señorita.

—No hay prisa. Si le puedo ayudar en algo.

No necesitaba ayuda, pero me quedé cerca. El mozo se desenvolvía con rapidez y tenía unas espaldas anchas. Abrió su caja de herramientas y empezó a trabajar. Sus manos eran grandes, pero se presentían suaves. Sacaba las herramientas con cuidado y decisión y su pelo claro se movía al mismo ritmo que él. Se enrollaba entre sí como los cables. Sus ojos color café brillaban tanto como el teléfono depositado sobre escritorio. Era fuerte y ágil.

No sabía si debía irme y dejarle trabajar, no sabía si darle conversación, no sabía nada. No paraba de mirarle y él lo notó. Cuando ya llevaba un rato me sacó de mi ensimismamiento.

—No te he dicho antes, me llamo Víctor.

Se llamaba Víctor Berna, tenía cinco años más que yo. Había nacido en un pueblo a ochenta kilómetros de Zaragoza. Sus padres trabajaban para el conde de su pueblo y gracias a él había conseguido ese trabajo. Vivía en una pensión del paseo de María Agustín. Quería comprarse un coche, aunque sabía que para eso quedaba mucho. Con sus piernas, de momento, se apañaba.

—¿Dónde va el segundo teléfono?

Le llevé hasta la cocina. Y lo pusimos justo al lado de la puerta, como quería doña Sara. Le ofrecí un vaso de leche y no quiso. Unos mantecados y tampoco.

—Tengo bastante faena. De aquí me voy a la fábrica. Te explico: estos dos teléfonos funcionan como extensiones del de la fábrica.

Me dejó apuntado en un papel los números correspondientes a cada uno y fue recogiendo todas sus herramientas.

—¡Qué bien que tengamos teléfono! Aunque no creo que nadie me llame a mí.

—¿Quién sabe?

Se despidió con un apretón de manos y, efectivamente, eran tan suaves como creía.

Doña Sara llegó a los pocos minutos y le mostré los teléfonos.

—¡Qué bonitos son! ¿A que sí, Pilar?

—Sí, son preciosos.

—Esta tarde llamaré a mi madre, a ver si funcionan tan bien como dicen.

Comenzamos a preparar la comida. Mientras picaba la cebolla le conté que el técnico había sido muy atento. Que habíamos estado hablando mientras él trabajaba y que no había querido dejarlo solo por si acaso. Ella me dio las gracias por ser atenta, e intuyó lo que yo todavía no sabía.

Después de comer sonó el teléfono. Era la primera vez que sonaba en aquel piso de la calle Unceta. Doña Sara corrió a la cocina con la alegría que dan las novedades positivas. Era un sonido agradable, no demasiado estridente y demostraba que se había hecho bien el trabajo. No sabíamos quién podría ser, todavía no había dado tiempo a darle el número a nadie. Lo escuché desde mi habitación y salí a tiempo para ver el rostro de doña Sara que corría hacia el sonido mientras se ajustaba la bata de estar en casa. Escuché cómo descolgaba, y a los pocos segundos me llamó.

—Pilar, es para ti.

Fui hasta la cocina lo más rápido que pude. Nunca me había despertado de la siesta sobresaltada por aquel sonido, y era imposible imaginarme que encima me llamaran a mí. Estaba intrigada. ¿Quién querría hablar conmigo? Era difícil creer que en aquella casa la primera llamada fuese para mí. Estaba claro que no eran ni Peana, ni Beatriz. Estaba claro que tampoco era Juan. Llegué hasta el aparato y doña Sara sonrió al verme. Don José María llegó hasta la cocina. Y antes de que yo cogiese el teléfono me guiñó el ojo como él solía hacerlo.

—¿Pilar? ¿Eres tú?

No reconocí aquella voz masculina que parecía más ronca de lo habitual. Sonaba lejana, pero era clara y se escuchaba bien.

—Soy Víctor, Víctor Berna —y dio más explicaciones que no eran necesarias—, el chico que ha instalado esta mañana el teléfono.

—Sí, sí, dime.

Tenía a los dos enfrente, doña Sara le dijo algo al oído a su marido que yo no logré escuchar. Y él volvió a guiñarme el ojo.

—Me preguntaba si te apetecería dar un paseo esta tarde.

Aparté el teléfono para evitar que me oyese sin ninguna efectividad. Me dirigí a don José María.

—¿Podría ir a dar un paseo esta tarde con un chico?

—Tú misma.

Volví a acercar el teléfono a mi cara.

—¿Víctor? ¿Estás ahí?

—Dime.

—Estaré lista sobre las seis.

Colgué el teléfono y cada uno nos fuimos a nuestra habitación. El matrimonio hablaba, pero yo no llegaba a escuchar lo que decía. Había quedado con Víctor, pero no sabía si estaba bien o no. Me habían dado permiso, pero eso no significaba nada.

A las cinco y media ya estaba preparada, las chicas tocaban el piano mientras su madre leía. Aparecí en el salón y dejaron de tocar, doña Sara se giró para mirarme.

—¡Qué bonito es ese pañuelo!

No pidió explicaciones, pero quise dárselas.

—Era de mi madre.

Nunca les había hablado de mi familia. Nunca me habían preguntado. Ellos solo conocían a Juan de cada año en el balneario. Nunca habían dicho nada y yo siempre había callado.

—Es muy bonito, Pilar. Seguro que a ella le gustaría que te lo pusieras. Ven, acompáñame.

La seguí hasta su dormitorio y me senté sobre la cama. No entraba a menudo en aquella habitación, intentaba ser respetuosa con ellos. Era su espacio, su lugar. Sacó del primer cajón de la cómoda un frasco de perfume muy pequeño y muy caro.

—Ponte un poco, esta esencia es especial.

Le hice caso.

—Huele bien, ¿a que sí? Yo sólo la utilizo para momentos especiales.

Olía a rosa, y a campo, y a lluvia. Todo eso junto en un envase de vidrio con formas geométricas y tapón dorado. Devolvió el perfume a su lugar original y abrió otro cajón.

—Toma, un poco de dinero. Si tomáis unos churros o alguna bebida lo necesitaréis.

—No se preocupe, doña Sara.

—Cógelo, es importante. Si no lo utilizas, lo guardas para la próxima vez.

Le volví a hacer caso y lo metí en un bolsillo interior de mi bolso.

Me miró y me besó en la mejilla.

—Baja al portal, que estará al llegar.

Me despedí de las niñas desde la puerta y salí.

Víctor ya estaba en la puerta. Pantalón de tela gris y camisa blanca bajo una cazadora de piel negra y zapatos del mismo color. Me quedé mirándolos.

—Son nuevos, ¿te gustan? Lo mejor que he encontrado.

Tendría que haber dicho que eran lo mejor que había conseguido por el dinero que tenía. Le miré sin decir nada.

—Vale, seguro que los de tu padre son mejores —y echó una carcajada al aire que se le borró inmediatamente con lo que dije después.

—No es mi padre.

Me miró fijamente.

—Lo siento. ¿Vamos?

Comenzamos a caminar hasta la avenida de Madrid, para bajar por General Franco en dirección a la calle Alfonso I.

—Yo pensé que eras su hija.

—No, me trajeron a su casa cuando era una niña para cuidar a sus hijas y ahí sigo.

—Pero yo pensaba...

—Pues ya ves que no.

Estuvimos un rato caminando en silencio. Pensé que tal vez esa sería la última que lo viese, ahora que sabía que lo que había visto por la mañana no era nada mío. Que ya sabía que yo no iba a heredar la fábrica. Que ya sabía que yo no era una Hidalgo. Tal vez se lo había dicho demasiado rápido, pero mejor, así no había confusión.

—Bueno, ¿y qué te gusta hacer?

—Pues hago de todo y ayudo a doña Sara en lo que me pide. Leo todas las mañanas y estoy pendiente de las chicas. Aunque ya son mayores. Cuando llegué estaba más tiempo jugando con ellas, pero ahora tocan el piano y bordan. ¿Y tú?

—Voy a trabajar y por las tardes quedo con algún compañero para jugar al billar. Aunque ahora tendré que dividirme. Me echarán de menos.

Estaba contenta con aquella respuesta y todo lo que había pensado antes se desvaneció de la misma forma que se apagan las velas de una tarta de cumpleaños.

—Soy un chico serio y mis padres me han enseñado a trabajar.

Yo también había aprendido a trabajar, pero mis circunstancias habían sido muy diferentes a las suyas. Los dos veníamos de pueblos pequeños, pero no habíamos tenido las mismas experiencias. Nunca se lo había contado a nadie, pero la tercera tarde que quedamos le conté casi todo, incluso mi mes en aquella torre de los horrores que había intentado olvidar. Nunca había hablado tan abiertamente con nadie, pero él me daba la confianza y el apoyo que necesitaba para abrirme. Lo nuestro iba en serio y quería ser sincera con él. Quería que conociese todo de mí aunque no preguntara. Simplemente me dejo hablar y me escuchó. Apretaba mis manos con firmeza y no dijo nada. Le avisé de que nunca más volvería a hablar de todo aquello. Que para mí todo se había acabado y que sólo quería mirar hacia adelante. Estuvimos casados cuarenta y tres años. Esa tarde me acompañó al portal de Unceta, 36. No me había soltado de la mano desde que había terminado de contarle. Me miró muy fijamente.

—¿Te enfadas si te doy un beso?

—No.

Y un escalofrío recorrió mi cuerpo al tiempo que notaba su respiración junto a la mía. Sus labios eran tan suaves como sus manos. Y hubiese querido alargar aquel momento toda mi vida.

Cuando cerré la puerta y entré al piso, saludé en la cocina, fui a cambiarme de ropa y puse la mesa para la cena.

Don José María y doña Sara ya sabían que lo que tenía con aquel muchacho iba en serio. Cuando acabamos de cenar mandaron a las chicas a sus habitaciones.

—Te vemos muy contenta.

—Sí, lo estoy. Es un buen chico.

—No lo dudamos, pero si te parece bien, nos gustaría conocerlo.

No tenía ningún inconveniente, y la tarde siguiente le pregunté a él. Cuando regresé a casa les dije que vendría el día que ellos quisiesen. Y quedamos en cenar todos juntos la semana próxima.

Nunca había estado tan nerviosa en mi vida. Necesitaba que les pareciera bien. No tenían ninguna obligación, pero necesitaba su apoyo. Casi había estado más tiempo de mi vida con ellos que con mi familia de origen. A aquellas niñas las quería tanto como a mis hermanos y ellos habían sido los padres que no había tenido. Hasta ese momento y con dieciocho años nunca había reparado en ello. Pero después de la cena pensé en todo lo que no había pensado durante nueve años.

Víctor llegó puntual, se había esmerado en su atuendo y llevaba los mismos zapatos que había utilizado la primera vez que quedamos. No tardé ni dos segundos en abrir la puerta cuando llamó. Las chicas corrieron hacia mí cuando oyeron el timbre.

—Estas son Cristina y María.

Ya había dado tiempo para que sus padres también llegaran al recibidor.

—Doña Sara, don José María. Él es Víctor.

—Mucho gusto, señora, señor.

Las chicas reían sin parar hasta que su madre les lanzó una mirada llena de respeto y cariño. Fuimos todos al comedor. Víctor se sentó al lado del padre de familia que agradeció tener un hombre con quien hablar a la hora de la cena.

—Con tanta mujer me vuelvo loco —dijo guiñando un ojo a sus hijas.

No pararon de hablar en todo momento y enseguida noté que se habían caído bien. Tras los postres, Víctor me miró.

—Creo que ya es hora de marcharme. Ha sido un placer, señores.

Se despidió de todos.

—Doña Sara, ¿puedo acompañarle al portal?

Y en la puerta y solos, volví a sentir su respiración. Su corazón latía tan fuerte que podía sentirlo a través de la piel y la ropa.

—Gracias por venir, Víctor.

—Me ha encantado hacerlo.

No podía dejar de mirarlo, de besarlo, de sentirlo cerca.

Cuando subí al piso, don José María me estaba esperando en su despacho. Temí que me dijera que algo no estaba bien, que no le gustaba, que me prohibiera volver a verle. Temí muchas cosas en los pocos segundos que tardé en recorrer el pasillo.

—Ven, siéntate. No te preocupes. —Me senté frente a él. El escritorio nos separaba y dejaba cierto aire para respirar—. He hablado con mi mujer sobre vuestra boda, porque ¿os queréis casar, verdad?

—Sí, señor.

—Bien, pues hemos pensado que deberías tener tu propio dinero. Creemos que lo mejor es que empieces a trabajar en la fábrica. Como guarnecedora o como adornadora. Lo que prefieras, y así tú también podrás aportar cuando llegue el momento. Os hará falta y todo os vendrá bien. ¿Te parece buena idea?

—Lo que ustedes digan.

—No, no es lo que nosotros digamos. Ya eres mayor y puedes tomar decisiones.

—Sí, pues prefiero adornadora, si puedo elegir.

—El lunes te vendrás conmigo, ¿de acuerdo?

—Sí, señor.

Me fui a mi habitación. Ellos me estaban cuidando como si fuesen mis verdaderos padres. Siempre lo habían hecho. Me habían llevado con ellos sin necesitarme. Me habían cuidado más de lo que se esperaba. En el balneario se había acordado que me darían casa y comida, pero yo había tenido mucho más. Cuando las chicas de servicio de otras casas salían a la calle en invierno, se cruzaban la chaqueta y corrían porque no tenían abrigo. A mí me habían hecho uno en el mismo momento en que llegué. Me habían permitido ir a la escuela. Me habían dejado leerme toda la biblioteca de aquella casa. Me habían enseñado a cocinar. Me habían dejado jugar. Me habían cuidado. Me habían tratado como a una más de sus hijas. Me habían querido. Y me lo estaban demostrando. Se preocupaban por mi futuro y me acompañaban en mis alegrías. En las tristezas no. No porque ellos no hubiesen querido sino porque nunca les había hecho partícipes. Siempre me habían respetado y dentro de ese respeto se incluía el no hacer preguntas. Nunca preguntaron más de lo que yo contaba y, realmente, no había contado nada. A menudo, después de que llegara carta de Juan me preguntaban por él. Yo les contestaba lo que quería, a veces a medias, y todos parecían satisfechos.

Acompañé a don José María como habíamos quedado hasta la fábrica y mi amiga Beatriz ya estaba en su puesto. Estaría bien compartiendo trabajo con ella. Desde que nos conocimos habíamos pasado mucho tiempo juntas, pero ahora que estaba con Víctor nuestro contacto era más esporádico. El trabajo nos volvería a unir como nos habíamos unido tantos años atrás y estaba muy contenta por ello.

Esa tarde, de regreso a la fábrica, don José María estaba entrando en su despacho cuando lo escuchó:

—Eh, tú, ven aquí y llévate esto. —El hombre fue subiendo la intensidad, aunque yo le había entendido a la primera—. ¡Escúchame!

Don José María dio media vuelta y se acercó hasta aquel trabajador, cuando yo ya había recogido lo que me pedía, y le espetó:

—Esta chica se llama Pilar, y si no la llamas por su nombre, trátala de usted porque es mi hija. ¿Me oyes?

—Manda huevos.

—Manda nada, aquí mando yo y punto.

Nunca alguien me había defendido de aquella manera, y nadie me volvió a hablar mal en el trabajo.

Me sentí orgullosa de aquel padre que me había tocado sin elegirlo. De que él me hubiese escogido a mí. De que me tratara como a una de las suyas. De pertenecer a su familia. Me había dado hermanas, educación, familia... Y yo nunca se lo agradecí lo suficiente. Siempre tendré una deuda eterna. Con el paso de los años me di cuenta de todo. Cuando me casé, me sorprendí a mí misma. Lo echaba de menos.

Víctor y yo estuvimos trabajando duro durante dos años. Ahorrábamos todo lo que podíamos para casarnos y ese momento llegó en 1947. Cuando se lo conté a doña Sara y a don José María, se alegraron y se entristecieron a partes iguales. Fui yo la que les pidió que no vinieran. Y me hicieron caso pese a no entenderlo. Yo no quería casarme con algunos presentes y que faltasen otros, por eso ni siquiera avisé a Juan. Víctor lo comprendió todo, como siempre. No quería una celebración con ausencias. No hubiese podido compartir una felicidad que no era completa. Decidimos casarnos en el pueblo de mi futuro marido, sus padres harían de padrinos y Josefina y su marido Javier serían los testigos. Él había sido el mejor amigo de Víctor siempre y su mujer ya sería mi amiga toda la vida. Fue una boda sencilla.

Antes de despedirme de mi familia de adopción, cuando les pedí que no viniesen, hicimos una comida especial. Y en esa comida me demostraron que era una de ellos. Nos alquilaríamos un piso pequeño, yo seguiría yendo a la fábrica cada día y Víctor seguiría en su trabajo. No teníamos demasiado, pero era suficiente para salir adelante.

Don José María sacó un sobre del bolsillo interno de su americana y dejó hablar a su mujer.

—Esto es todo lo que has ahorrado mientras has trabajado con nosotros.

—Techo y comida es lo que acordamos.

—Sí, es verdad, pero nosotros hemos hecho una pequeña hucha por ti en estos años. Cógelo, os ayudará, además te pertenece.

Miré al hombre y él, sin pensarlo, me guiñó un ojo. Me levanté y abracé a su mujer como nunca lo había hecho. Ella nunca me había pedido nada, pero aquellos brazos me sujetaban a su alrededor como nadie me había sujetado.

Me demostró todo lo que una madre puede demostrar con aquel abrazo. Y lo más importante, yo se lo demostré a ella. Le demostré todo. Las dos quedamos en paz. Las dos lloramos al despedirnos.

La primera vez que fui al pueblo de Víctor pensé que el corazón se me salía del pecho. Habíamos hecho trasbordo en Cortes. El tren paraba en varios pueblos antes de llegar a nuestro destino final. Y cuando miré por la ventanilla, me empezó a faltar el aire. No pude identificar con claridad lo que cientos de años atrás había sido un castillo. Y me di cuenta de dónde estaba. A un kilómetro de allí había pasado lo peor de mi vida. No podía respirar. Me cogió de la mano y bajamos. Pude comprobar que era cierto. Estaba allí. Y apreté aquella mano para que no me soltase.

—Enseguida saldremos, coge la maleta. —Me miró y supo que algo pasaba—. Ven, siéntate.

Pasados unos minutos nos montamos en un coche de línea que nos alejaba de aquel lugar y entonces pude volver a respirar. Nos acercábamos cada vez más al Moncayo, y después de tres paradas nos apeamos en su pequeño pueblo. Llegamos a la casa de sus padres y aquel recibimiento hizo que mis pulmones volviesen a recibir el aire que necesitaban.

Nuestra primera casa estuvo en la calle Borja. Un primer piso pequeño y luminoso que pagábamos cada mes sin dificultad. En esos cuarenta metros escasos fuimos muy felices. Seguía visitando a doña Sara y a las chicas de vez en cuando. Y la vida fue pasando veloz tan rápido como caen las flores de un limonero. A los pocos meses de nuestra boda me quedé embarazada. Y en septiembre de 1947, cuando me quedaban dos meses para dar a luz, recibimos la muerte de Javier. Un embalse lleno tuvo la culpa, y el no saber nadar. Se cayó él como podía haber caído otro. Por eso cuando nuestro hijo nació en diciembre, para alegrarnos las navidades a todos, lo llamamos Javier. Fue un niño hermoso. Gordito y feliz. Antes de ir a la fábrica lo dejaba en casa de los Hidalgo y las niñas hacían con él todo lo que yo había hecho con ellas. Lo cuidaban y lo querían. Así pasamos cinco años, hasta que don José María vendió todo. La fábrica seguía existiendo cuando me jubilé, pero con otro dueño. Toda la familia se fue a Barcelona para cuidar a la madre de doña Sara. Y yo volví a sentirme huérfana. Seguimos en contacto siempre, pero nunca más nos vimos.

El niño comenzó el colegio y yo seguí junto a mi marido. Por la tarde, mientras yo iba a trabajar, ellos estaban juntos. Paseaban hasta el parque y conversaban de regreso. Ellos eran la definitiva familia para mí. Mi familia, la propia. Seguía recibiendo mensualmente las cartas de mi hermano. Él también quería tener hijos, lo deseaba con tanta fuerza que traspasaba el papel. Lo sentía por él. La carta que mandó para felicitar el año 1952 nos anunció su inmensa alegría. María Jesús estaba embarazada y el bebé nacería en agosto. Esas Navidades también recibí carta de doña Sara, se habían instalado bien en Barcelona, habían comprado una fábrica de zapatos y don José María hacía allí lo que siempre había hecho aquí. Las niñas ya eran mujeres y la abuela estaba más apagada cada día. Se alegraba de haber hecho esa mudanza, aunque hubiese supuesto nuestra separación. Estaba contenta de pasar los últimos momentos junto a su madre.

Los años pasaron rápido y las cartas de los Hidalgo se fueron espaciando, sin embargo, las de Juan seguían siendo constantes como había prometido años antes. Nuestro hijo crecía fuerte y sano y nosotros éramos felices. Comprendí que la vida no es difícil de llevar. Que hay que dormir cuando toca dormir, comer a la hora de comer, y querer a quien hay que querer. Por eso quise tanto al hombre que tenía al lado. Lo quise mucho y siempre. Él era el hombre con quien había conseguido construir mi propia familia, mi propia casa, mi propia vida.

MARTA (V)

Regresé a casa de la abuela el domingo por la tarde y las chicas todavía no se habían marchado. Me dio tiempo de contarles todos los hallazgos, de hablarles de Maribel, de su hermana Teresa, de su padre. También me dio tiempo a comentarles la encrucijada en la que estaba metida, porque necesitaba saber de ese tercer hermano. Necesitaba encontrar a José o a sus descendientes. Necesitábamos estar todos. De lo contrario, lo que había descubierto en esos días no serviría para nada.

Las despedí y seguí el consejo que me dieron. Era necesario saber más de la abuela. Estaba claro que no sabía nada de ella antes de sus treinta años. Nunca había hablado con nosotros de su niñez, ni de su familia que era también la mía. Por mi culpa también. Nunca le había preguntado. Nunca me había preguntado a mí misma de dónde venía. Si no hay preguntas no puede haber respuestas. Ahora, miles de dudas se agolpaban en mi cabeza queriendo esas respuestas. Llevaba dos semanas en el pueblo, tenía que seguir tirando del hilo. Despacio, con cuidado, para no romperlo.

Ese lunes me levanté tranquila. Tras tirar varios correos electrónicos a la papelera, comencé a buscar de nuevo por Facebook familiares con mi apellido en Francia. No tuve ningún resultado. Bajé la pantalla del ordenador portátil y pasé a la cocina para prepararme la comida. Por la tarde fui a dar un paseo y allí estaban los dos hombres franceses, sentados en el mismo lugar donde estaban siempre. Recordé lo que había dicho Josefina, así que me acerqué a ellos. No sabía muy bien cómo encarar la conversación. Pierre fue el primero en actuar. Se levantó y nos miramos fijamente en silencio. Le sonreí, pero él no contestó a mi sonrisa. No sabía cómo reaccionar, aunque estaba tan seguro como yo de que había llegado la hora de tener una conversación. Su compañero se levantó despacio y se metió dentro de la casa. El hombre me hizo un gesto con la cabeza para que ocupase el lugar que se acababa de quedar vacante. Me senté despacio. Él esperaba que yo iniciase la conversación.

—Qué buen día hace hoy, ¿verdad? —dije, por romper el hielo.

Me miró de un modo que dejaba claro que no era hombre de muchas palabras.

—Ya he hablado con Josefina. ¿Qué quieres saber?

—Todo lo que quieras contarme.

Lo miré a los ojos de nuevo y descubrí que me podía perder en ellos. Tal vez a mi abuela le hubiese pasado lo mismo. Le seguía mirando a los ojos; si me concentraba, tal vez pudiese escuchar a través de ellos el mar. Eran muy azules, de un azul tan intenso que parecía coloreado adrede. A su alrededor había arrugas que acompañaban cada uno de los movimientos de su cara. Me impresionaron, pero su forma ya la había visto antes, no sabía dónde.

—Llegué aquí hace años, ya había muerto tu abuelo. —Hablaba bien el español, pero tenía acento claramente francés. El tono justo de las personas que aprenden un idioma cuando ya son adultos y dejan, con pesar o sin él, su lengua original para adoptar otra—. Ahora soy francés, ciudadano francés. Pero yo nací en España. Al poco tiempo de comenzar la guerra de aquí, fusilaron a mi padre. Lo pasé mal, en realidad, todo el mundo lo pasa mal cuando vive en un país en guerra. El cura de mi pueblo se enteró que el siguiente era yo. Casi no me dio tiempo a despedirme de nadie, tenía que salir rápido antes de que me encontraran los que me andaban buscando. Don Juan Pablo me ayudó a salir de mi pueblo y me llevó hasta los Pirineos montado en un camión de reparto que él mismo conducía. Me dio una dirección escrita en un papel y me dejó solo antes de que el sol se escondiera. Tenía instrucciones claras de esperar hasta que fuese de noche completamente, en ese momento me tendría que adentrar en el bosque procurando ir en línea recta. No podía desviarme ni un metro del camino porque sólo en línea recta me encontraría con la siguiente persona que me estaba esperando. Debía ir con cuidado, sin hacer ruido. Si antes de llegar a mi destino alguien distinto me interceptaba, me ajusticiaría allí mismo. Y nadie lloraría mi pérdida. Nadie se enteraría. En mi casa me esperarían, pero no llegaría. Las piernas me temblaban, me temblaba todo el cuerpo. Cuando llegó la noche, me metí por entre la maraña del monte. Nunca había experimentado una sensación como aquella. Entre los árboles los sonidos de la noche llegan claros. Escuchas todo tipo de animales. Y encima, yo sentía que manos extrañas me tocaban en la espalda todo el tiempo. Me paraba, me giraba, y no había nadie. Pero yo las notaba. No era más que un crío que comenzaba a entender el momento que le había tocado vivir.

Le escuchaba, pero no tenía muy claro por qué me estaba contando todo aquello. Había escritos cientos, miles de libros, con historias como la que me estaba contando este hombre, y yo nunca les había hecho caso. No tenía ninguna necesidad de saber porque en el instituto ya me habían contado mucho y además me lo tuve que aprender. De cualquier modo, le dejé hablar. Por momentos me miraba y otros dirigía sus azules ojos al final de la plaza, como si eso fuese el infinito.

—Seguía andando, girándome cada poco, hasta que llegué a un páramo. Entonces allí vi la luna. Grande y blanca, iluminando todo lo que estaba alrededor. No tenía la certeza de haber llegado al destino. No veía a nadie. Sólo sentía los sonidos que me habían acompañado en el camino. Esperé unos segundos hasta que noté la llegada de alguien. Me tiré al suelo con la esperanza de que no me viese. Hice una tontería, pero en ese momento era lo único que podía hacer un crío como yo. La silueta dibujaba un hombre no muy alto con una metralleta al hombro. «¡Levántate, chaval!», me dijo en perfecto castellano. Le hice caso con el temblor pegado a mi cuerpo. «¿Tú eres el amigo del cura?». Y le contesté con el sí menos contundente que he dicho nunca. Me lanzó al aire una metralleta como la que él llevaba, y me advirtió de que no lo perdiese de vista, que procurara que no rodaran piedras y que no pisara ninguna rama. ¡Madre mía! Eso iba a ser inevitable. El suelo estaba lleno de hojarasca húmeda. No rechisté e hice lo que me dijo. Puse mi vida entera al servicio de aquel hombre, que podría haber sido cualquier persona, buena o mala. Me hubiese podido llevar donde él hubiera querido. Había pasado un día sin comer y tenía la cantimplora totalmente vacía. Sentía que desfallecía a cada paso, pero no dije una sola palabra. Llevábamos dos horas andando cuando se detuvo. Escarbó con la culata en la tierra mojada y descubrió una caja metálica, la abrió y me ofreció galletas. Me recomendó que comiera porque no sabría cuándo volvería a hacerlo. Estaban blandas, húmedas y rancias, pero comí todo el rato que estuvimos parados. Luego, seguimos caminando y la humedad fue calando mis ropas. Las suelas de mis zapatos ya no eran las que habían salido de casa, notaba en la planta de mis pies cada bulto del terreno. Otras dos horas después, volvimos a parar. Me comunicó que estábamos a pocos metros de la frontera. Abrí más los ojos y agudicé el oído. La única forma de salvarme era cruzar. No llevaba más que un papel. Una dirección escrita con prisas en un papel doblado varias veces en el fondo del bolsillo de mi pantalón. Pasamos la frontera y ya no sabía si reír o llorar. Era un crío. Mi corazón comprimía mi pecho. No sabía nada. El hombre que me acompañaba me dejó su chaqueta, me quitó el arma y la enterró en un agujero que ya estaba hecho para eso. Lo tenían todo preparado y bien estudiado. Llegó una camioneta aún más destartalada que la que me había dejado el día anterior. Dudé en subir o no, pero mi acompañante me empujó y me vi de lleno en la parte de atrás. No tenía escapatoria, que hiciesen de mi lo que les diese la gana. Llega un punto en el que te abandonas, que las tripas rugen hambrientas y no sabes cuándo las vas a saciar. Nunca había pasado hambre, y el hambre es lo peor que existe.

Paró de hablar cuando el sol se escondía.

—Ya es hora de cenar.

Capté de inmediato que era hora de marcharme, pero no me hubiese importado seguir escuchándole.

—¿Le importa que regrese otro día?

Cerró los ojos como muestra de aprobación. Volví a casa con muchas preguntas, no entendía dónde encajaba mi abuela en aquella historia. Tal vez le había conmovido, o tal vez no había sido su historia y había sido él mismo. Mi abuelo Víctor murió a finales de los años ochenta, y a mí no me había dado tiempo a disfrutarlo. No me había llevado al parque, no me había enseñado a jugar al guiñote, no me había cronometrado cuánto corría con la bicicleta. Todo eso me había faltado. Sin embargo, la abuela había estado para recordarlo. Siempre nos hablaba a todos los nietos de él. Y fue ella quien nos llevó al parque y nos enseñó a jugar al guiñote. Nunca lo había echado de menos. Porque no se puede tener nostalgia de lo que se desconoce, de lo que no se ha vivido. Me fui a dormir pensando en todo eso.

Me desperté con olor a bochorno, con una atmósfera tan pegajosa que ni siquiera la pude aliviar tras la ducha de la mañana. Los árboles se doblaban al antojo del aire de la misma forma que ondeaban aquellos relojes en el cuadro de Dalí. A mitad de la mañana se hizo real el presagio de la lluvia intensa del amanecer. Y ya supe que Pierre no estaría apoyado en el quicio de la puerta. Podría llamar al timbre, pero también podría ser una invasión. En mi casa sólo entraba la gente de mi familia, y no quería molestarle.

En ese momento y por primera vez desde que estaba en casa de la abuela sonó el teléfono fijo. Fui hasta él sin mucha gana e incluso pensé dejarlo sonar. Pero descolgué.

—¿Pilar? —La voz del otro lado sonaba débil. Era una señora mayor que tardó unos segundos en hablar—. ¿Pilar? —Volvió a preguntar antes de darme tiempo para responder.

—Hola, Pilar no está, soy su nieta.

Me pareció raro que quien fuese esa señora no se hubiese enterado de la muerte de la abuela. Habíamos intentado avisar a todo el mundo, pero estaba claro que nos habíamos dejado a alguien.

—¿Cuándo la podré encontrar? Llamo en otro momento, no pasa *res*.

—No, no. —La señora casi cuelga antes de que pudiese contestar—. Verá, mi abuela murió hace unas semanas.

La señora hizo una larga pausa y oí cómo tragaba saliva antes de continuar.

—¿Cómo dice?

—Que murió hace unas semanas.

Sin verla, noté cómo sus ojos se humedecían.

—¿Qué ocurrió?

—Perdone, ¿quién es usted? —No quería parecer descortés, pero siempre me ha gustado saber con quién hablo.

—Ah, sí, es verdad, disculpe. Soy Cristina Hidalgo. Algo más que una amiga de Pilar.

Pero mi abuela sólo tenía una amiga, o eso creía yo. Aunque a aquellas alturas ya nada me extrañaba. Sin embargo, ella lo sabía todo de mí, seguía mi columna en el periódico y estaba informada de mi familia.

—¡Qué buena era Pilar! ¡Cuánto quería a todo el mundo! —Me había dicho su nombre pero seguía sin saber quién era. La mujer, cada vez más compungida, continuó alabando las bondades de mi abuela y eso me dio tiempo para hacer memoria. Y recordé que, en una carta de 1943, Juan deseaba que Cristina estuviese bien—. Así que eres Marta... Tu abuela era como mi hermana. ¡Cuánto la quise! Pero mis padres decidieron que nos marcháramos... Menos mal que siempre nos quedó el teléfono. —Hablaba despacio y yo la escuchaba con atención. Ella tenía todo el tiempo del mundo para hablar tranquila y yo el resto de mis vacaciones para escucharla con detenimiento—. Nos llamábamos todos los meses, o cada mes y medio. Y me contaba y yo le contaba. ¡Cuántas horas al teléfono!

—¿Desde cuándo se conocían?

Ese día no comí y no me importó porque aquella conversación, que se alargó hasta pasada la media tarde, me trajo a mi abuela de vuelta. A su niñez, a su juventud. Me trajo una abuela que conocía y desconocía a partes iguales. Y me trajo otra parte de la familia que, aunque no había sido tal, comprendía que había sido lo único que había tenido la abuela. La mujer comenzó su relato y me habló de sus padres y de su hermana y de cómo había nacido entre ellos una unión que seguía más allá de la distancia, más allá del tiempo.

Me fui a dormir con la paz que da el fin de la tormenta. Y con las ganas, que me habían faltado siempre, para conocer. Quería saber más. Porque cuando obtienes algunas respuestas, a menudo vienen acompañadas de más preguntas. Quería saberlo todo. Ya estaba como una cereza dentro del cesto. Quieres sacar una y esa, casi siempre, engancha a otra. No me importaba comerme más de una, pero quería conocerlo todo. El sol estaba sobre mi cabeza cuando salí en busca de Pierre.

Lo encontré solo donde estaba siempre y no dije nada, simplemente me senté a su lado.

—¿Dónde me había quedado? Ah, sí, en la vieja camioneta. —Paró, miró al final de la plaza y siguió hablando—. Había más hombres en aquella parte trasera, todos igual de polvorientos, todos con la misma mirada perdida. Yo no hablé con nadie. Me enseñaron que en boca cerrada no entran moscas. Muchas horas estuvimos allí, no podría decirte con exactitud, pero el sol nos fue dejando lentamente. A veces parábamos y alguno se bajaba. Otras veces cambiaban de conductor. Algunos hablaban de los campos, pero no quería escucharlos. Iban felices en aquel vehículo que no sabía a dónde me llevaba. En una de las paradas, nos hicieron bajarnos a todos y ponernos en fila india. Noté cómo mi vejiga se relajaba y todo el orín iba creando barro en mis pantalones llenos de tierra. Me quité la chaqueta y la anudé a mi cintura, nadie dijo nada, pero todos se dieron cuenta. La dignidad, a veces, se pierde, ¿sabes? El frío iba en aumento conforme el sol desaparecía. Y mis pantalones estaban duros como el cartón. Cuando entramos en una población un poco más grande que las anteriores ya se estaba haciendo de noche y el auto se volvió a detener. Me mandaron bajar a mí solo. Les mostré el papel mugriento y bien doblado y me indicaron que siguiera a pie por un camino. Hice caso porque no podía hacer otra cosa. La luna me acompañó durante el trayecto. No había casas y faltaban árboles, no paré de caminar hasta que vislumbré unas pequeñas luces en la lejanía. Mis piernas comenzaron a ir más rápido, no podía controlarlas. Pararon en seco ante aquella puerta de madera ancha.

Junté fuerzas y se las transmití directamente a mis nudillos, que llamaron con contundencia. Esa puerta me la abrió Liam. Me invitó a entrar al interior. La chimenea estaba encendida e iluminaba toda la estancia. Una mesa con dos sillas se presentía en la penumbra. Recogió el caldero del fuego. Vertió el agua en ebullición en un barreño de cobre. Lo llevó hasta la alcoba y sobre la cama descansaba la ropa limpia. Me lavé, me vestí, y fui el que nunca había sido al recuperar la dignidad perdida. Cuando aparecí ante la chimenea, me ofreció un trozo de pan grande, una panceta hecha al fuego y una manzana. Comí muy rápido, con las ansias de quien no quiere dejarse nada. Pero me sentó bien y pude descansar toda la noche y algo más. Siempre recordaré aquel colchón de paja forrado de arpillera. Los primeros días sentí los pinchazos, después me acostumbré.

»Al amanecer, oía los pájaros y la luz inundaba la pequeña estancia. No había nadie, y no me atreví a salir afuera. No sabía lo que me iba a encontrar. Sobre la mesa tenía algo más de comida. Comí hasta saciarme por completo. Liam hizo que recuperara toda mi dignidad, se encargó de recoger todos los pedazos y volverlos a juntar en aquella noche tranquila en medio de la nada. Cuando llegó, nos saludamos como pudimos y me pidió que lo siguiera. Todavía hoy reímos al recordar cómo nos hacíamos entender. Continuamos el camino que había transitado por la noche hasta que llegamos a una casa grande. Dos niñas con trenzas jugaban con tierra mojada en el exterior y reían alejadas de la realidad que yo estaba viviendo. Esas risas me ayudaron a relajarme. Cuando nos vieron llegar, corrieron hacia nosotros y se tiraron a los brazos de Liam. Parecían quererlo mucho. Al escuchar los gritos, un hombre de mediana edad salió a la puerta y nos saludó. Me tendió la mano y se la estreché sin dudar. Todo estaba en calma por primera vez en mucho tiempo. Me quedé con él y con su familia. Se llamaba Ignacio y había llegado siendo muy joven a París, donde había tenido contactos en la política y por eso me ayudaba a mí.

»Comencé a trabajar en aquella casa. Campos de remolacha se abrían ante mis ojos, y también tenían ocas. Jamás las había visto, ¿sabes? Muy cerca de allí pastaban plácidamente un centenar de vacas charolesas. ¡Qué bichos más grandes! Les dábamos la pulpa de la remolacha, con el azúcar engordaban más. Y había tractores, tampoco había visto nunca uno de cerca y enseguida comprendí que tenía que aprender a utilizarlos. Ignacio había heredado todo aquello de sus suegros, y allí habían nacido aquellas niñas que se abalanzaban hacia su padre y hacia mí cuando llegábamos de los campos al caer la tarde. La mujer era francesa, se llamaba Elise. Trabajaba mucho en la casa, me cuidaba tanto como cuidaba a los suyos. Y las niñas me fueron queriendo más. Me encontraba aislado, fuera de toda comunicación, pero también fuera de cualquier peligro. Había bastantes trabajadores en aquella *ferme*. Al otro lado de los campos había una hilera de casas bajas para las familias. Allí se mezclaban italianos, polacos, húngaros, franceses... Al principio dormía en el colchón de paja de Liam pero cuando aprendí a manejar el tractor me asignaron una de aquellas casas. En las noches de invierno, en los días de lluvia, pensaba en todo lo que había dejado atrás. Mi casa, mi pueblo, mi familia. Nunca volví al lugar donde había nacido. Me empleé a fondo en aquella granja, con el cereal, con los guisantes, con las patatas… ¡Qué vida!

Estaba demasiado cansado para seguir hablándome, así que le dejé tranquilo con la promesa de volver pronto para que continuara su historia. Llegué a casa también cansada, pero hablar con las chicas me dio fuerza. Las tecnologías nos separan, aunque también pueden ser lo mejor para no sentirse solo. Tenía el ordenador conectado, esperando que se encendiera la luz de la llamada. Lo hizo pasadas las diez de la noche, cuando Ana estaba en el despacho, Berta recién llegada del trabajo y Lucía sentada en su cocina. No dio tiempo a saludarnos porque lo que estábamos viendo era mucho mejor que decir hola.

—¡Es guapísima, Lucía, guapísima! —dije con alegría.

—¿A que sí? Es que va a ser mi hija —contestó orgullosa.

La foto ocupaba toda la pantalla. Las tres nos quedamos sin palabras. Era una niña hermosa con la piel del color del chocolate, el pelo peinado en trencitas diminutas y largas y unos ojos muy grandes y oscuros. Sonreía divertida.

—¿Cuándo la podremos conocer?

La conoceríamos pronto. Pero antes Lucía pasaría unos días a solas con ella. Iba a ser un gran cambio en la vida de las dos. Y sentí que las dos tenían suerte de haberse encontrado. Lucía era la más pausada de las cuatro. La que más centrada había sido en su trabajo y la que menos citas amorosas había tenido. Las ocasiones para salir se le multiplicaban, ella siempre agradecía la invitación pero la declinaba al momento. Su vida era demasiado intensa.

Las chicas hablaban a borbotones y les conté que había empezado a conversar con Pierre. No les conté mucho, pues lo que me estaba narrando tampoco resolvía mis interrogantes. Tendría que seguir tras la pista de ese tercer hermano. Sin su firma, sin la firma de sus descendientes, me quedaría sin nada. Mi única cómplice era Maribel y habíamos prometido estar en contacto. Ella intentaría averiguar por su cuenta y yo por la mía. La llamé al día siguiente para ver si había descubierto algo más.

—¿Cómo te va?

—¿Y a ti?

Había averiguado del tercer hermano tanto como yo: nada. Pero sí sabía la localización exacta de las tierras, e iría a visitarlas con Luis el próximo sábado. Nos despedimos muy efusivamente, parecía que habíamos sido familia siempre. Así lo era.

Regresé de nuevo a casa de Pierre y parecía esperarme en el mismo lugar, que ya se había convertido en el de los dos. Continuó narrándome su historia:

—Estuve en aquella casa toda mi vida. Pero el año que cumplí los treinta y cinco, Ignacio enfermó. Yo trabajaba el doble para que no faltase nada y su mujer lo cuidaba a él. Lo cuidaba tanto como lo quería. Nunca he visto a nadie mirar así a otra persona. Se hablaban con la mirada, y también así nos hablaban a los demás.

»Una noche la sangre comenzó a brotar de la boca de mi amigo. Mandó que me llamaran y estuvimos los dos solos hablando durante mucho rato. Me pidió que cuidara a sus chicas, que hiciese lo posible porque no les faltara de nada, que estuviera cerca cuando encontraran a sus maridos y que fuera yo el abuelo de sus nietos. Murió a los pocos días. Fui haciendo todo lo que me pidió. Elise se metió en la cama cuando regresamos del funeral y se levantó el día que Fátima, la hija mayor, se casó. Yo seguí cuidándolas a todas y cuando la pequeña se fue, nos quedamos los dos solos.

»Pasaron los años y nos cuidábamos mutuamente. Tanto nos cuidamos que llegamos a querernos. Y lo hicimos de una manera fuerte y consciente. Nunca podría reemplazar a mi amigo Ignacio, los dos lo sabíamos, pero una convivencia de treinta años fue suficiente para casarnos. Las chicas nos apoyaron. A esas alturas, yo era un padre para ellas y me dieron nietos. Lo hicimos con discreción, ella era once años mayor que yo. Nos pusimos las mejores ropas que teníamos y fuimos a la iglesia del pueblo. Estaba lejos, pero íbamos contentos. Acudieron las chicas. Liam había vivido todos nuestros pasos y fue nuestro testigo. Le debo tanto. Tantos hombres le deben su vida a él. Actuaba de enlace en la frontera y ayudó a salvar muchas vidas como la mía. Por eso seguimos juntos. Y por eso tardé tanto en regresar a España. Tampoco podré olvidar nunca a don Juan Pablo. ¡Qué bueno fue aquel cura! Fue por él, porque conocía a Liam, que me quedé allí. De lo contrario habría acabado en algún barracón y en un campo de trabajo. Nunca he sido de ningún bando, pero en noviembre de 1975 celebré con Liam. Porque a él le importaba mucho lo que pasaba con Franco. A mí me importaba más lo que les pasaba a los españoles.

»Al casarme obtuve todos los documentos como ciudadano francés. La verdad es que no me importó ser uno más en ese país. Francia me ha dado todo lo que soy. Me dio un techo, un trabajo y una familia. Pero me dio mucho más que eso, me permitió vivir mi vida. Me permitió enamorarme de la francesa más buena que conocía. Me prestaron a unas hijas que serán mías para siempre y unos nietos que recordarán a sus dos abuelos. Tengo cinco y los he disfrutado durante mucho tiempo. Son mayores que tú y ya han formado su propia vida.

Por alguna extraña razón, me gustaba escucharle. Me contagiaba una serenidad que no era propia en mí. Josefina me esperaba en la puerta y fui con ella hasta la huerta. Surcos, que dibujaban cuadros en la tierra húmeda, separaban guisantes, espárragos, borrajas, acelga, lechugas y las últimas habas.

—Me encantan con arroz.

La mujer ponía pequeñas porciones de todo en una cesta de mimbre oscura.

—Ven mañana a comer, que haré borrajas.

Y fui porque hacía años que no comía borrajas con patatas y un chorretón de aceite de oliva por encima. Me supieron a mi infancia, me las comí como entonces. Primero la verdura y después la patata escachada con el tenedor y mezclada con el oro líquido. Aquella casa que conocía tanto como la de mi abuela tenía el mismo efecto en mí que todo la que la rodeaba. La sencillez de lo necesario. La simplicidad de lo que, en realidad, es la vida. Porque la mía me la había ido complicando yo al ritmo que cumplía años. Porque una sigue el camino al que la empujan los demás y siendo consciente de todo, o sin saberlo, se deja llevar.

Allí, en aquella cocina sin cafetera de cápsulas, donde el café se hacía con un colador de tela, pensé en todo eso. En la necesidad de descalzarse, de quitarse la goma que ata el pelo, de desabrocharse el primer botón del pantalón. La necesidad de tocar la tierra con la planta de los pies, de permitir que el aire esparza el cabello y dejar el vientre en libertad.

Transcurría la semana y mis ganas de tener alguna novedad iban en aumento. Esperaba que Maribel encontrase alguna pista sobre José. Tenía ahora una aliada y, aun conociéndonos tan poco, sabía que en ella podía confiar. Debíamos saber de José porque, sin él, todo se desvanecería. En realidad, necesitábamos su firma. Me quedaba la esperanza de hallarlo con vida, pero no descartaba otra posibilidad. Si era así, necesitaríamos un certificado de defunción y encontrar a sus hijos. Todavía no sabía cómo le iba a contar a mi padre que había conocido a su prima y que era una mujer increíble. Me había dejado claro que no quería que buscase nada, que quería quedarse como estaba. Pero a un cheque en blanco nadie se puede negar. Estaba segura de que cuando llegásemos al final del asunto, aunque él no quisiera, firmaría por nosotros. Mis hermanos se encargarían de animarlo, a ellos también les tocaría un pellizco tan bueno como el mío.

Berta llegaría el viernes, no sabía con certeza si se quedaría en casa de mi abuela o iría a la casa de Sergio. De cualquier modo, tenía que ir al supermercado y llenar la nevera. Ocupé la mañana con eso y por la tarde fui en busca de Pierre.

PILAR (V)

En 1970, rehabilitamos la casa de mis suegros y comenzamos a ir al pueblo cada fin de semana. Nuestro hijo había formado su propia vida y ahí empezó nuestra segunda juventud. Tenía a Josefina cerca, hacíamos planes juntos. Víctor y yo éramos felices. Reservó una parte del cobertizo de atrás para sus herramientas y creó un pequeño huerto. También comenzó a aficionarse a la madera, le gustaba construir cosas con ella. En verano dejaba la puerta abierta y me encantaba tumbarme al otro lado del porche con un café y observarle. Era cuidadoso con esos pequeños trozos de madera. Tan cuidadoso como lo había sido siempre conmigo.

Llevábamos muchos años casados, pero en aquella casa, en aquel pueblo, aprendí a quererlo de otra forma. Era más relajado todo, y yo era más consciente. Todos los años pasados lo había querido, aunque siempre me había preguntado si no me estaría engañando a mí misma. Si había querido quererle para poder hacer mi vida. Siempre había vivido pidiendo permiso, y con él todo era sencillo. Había aprendido a ser libre, a tomar mis propias decisiones, y él siempre me había dejado volar. Viéndolo desde el porche, con los puños de su camisa de cuadros remangados hasta el codo, moreno por el sol del verano, lijando y dejando que el polvo cayese sobre el pantalón, me enamoré más profundamente. Sus brazos se contraían y se relajaban al ejercer la presión exacta sobre la madera. Y no pude dejar de mirarlo cuando levantó la vista y me miró.

—¿Hay un café para mí? —gritó desde la lejanía.

Serví una taza para él y la llevé hasta donde estaba. Dejó el taco áspero sobre la mesa y me atrajo hacia él. Dio un sorbo al café y dejó la taza junto a la lija.

—Ven, tengo algo para ti.

Abrió un pequeño cajón y sacó una estrella de madera. Madera clara, perfectamente lisa y brillante gracias al barniz. Un pequeño aro de metal la unía a un cordón negro.

—¿Cuándo has hecho esta maravilla?

—Cuando no me veías.

—Pónmelo.

Y se colocó detrás de mí. Retiró mi media melena hacia un lado. Sentir su respiración me hizo más joven que nunca. Anudó el cordón para que se sujetase a mi cuello y me besó en el mismo sitio donde se posaba su mano izquierda. Volvió a besarme por segunda vez, haciendo que me girase y respondiera a sus besos de manera más enérgica. No éramos los mismos que hace veinte años. Nada era igual. Y todo era mejor.

Teníamos dos nietos, seguíamos trabajando y disfrutando de la casa del pueblo en cada día libre. Allí todo se intensificaba y éramos felices los dos. Cada domingo por la tarde regresábamos a Zaragoza con la esperanza de poder quedarnos a vivir en el pueblo en un futuro cercano. Nuestro barrio en la cuidad había cambiado demasiado, las calles comenzaban a ser anchas y dejaban paso a multitud de vehículos. Todo había cambiado mucho en poco tiempo. Un microondas calentaba la comida por mí y una máquina tomaba aire al mismo tiempo que engullía las pelusas de mi casa. Con el progreso, llegó el anonimato a mi barrio y las fábricas comenzaron a cerrarse para dejar paso a edificios de cinco alturas y pisos pequeños, enfocados a los que venían de los pueblos cercanos. El comercio se volvió más fuerte y ya no conocía casi nada. Por eso decidimos que, en cuanto nos jubilásemos, nos volveríamos al pueblo, aunque estuviésemos más lejos de Javier y de los niños. Hasta que ese momento llegase, seguíamos despidiéndonos por la mañana y nos encontrábamos a la hora de comer. Después yo me iba a trabajar por la tarde y Víctor aprovechaba para recrearse en la cocina. Todas las noches me sorprendía con una cena distinta y más elaborada cada vez. Le gustaba cocinar y a mí me gustaba que le gustase. Poco a poco le fui cediendo el mando de las comidas, hasta que volvieron a ser quehaceres míos cuando regresamos al pueblo.

Los últimos meses antes de mi jubilación las cosas se pusieron feas en la fábrica. Por suerte no vi el cierre, hubiese sido bastante doloroso para mí, porque era de las pocas que conocía el origen de aquel edificio. De las pocas que recordaba a los Hidalgo. La familia que hizo que aquel lugar tuviese prestigio y diese de comer a tantas familias. Yo era de las mayores del lugar, conocía cada rincón y a cada trabajador. Por eso me llamaron al despacho aquella mañana. Una importante familia del sector quería comprar la fábrica. Dos hombres estaban sentados frente al jefe cuando entré.

—Os presento a Pilar, la más antigua de aquí.

Y me quedé de piedra cuando se giraron, porque resultó que conocía al mayor de los dos.

—Pilar, ¿eres tú?

Y sí, era yo, y sí, era él.

Acabó la reunión y me di cuenta de que el hombre que yo conocía era un mero acompañante del que cortaba el bacalao. Había envejecido mucho —normal, habían pasado muchos años— pero su diente de oro seguía en el mismo lugar.

—¿Tomamos un café? —Acepté con la cabeza—. Mi sobrino quería que viniese a ver la fábrica. Ya me contarás qué pinto yo aquí. Pero quiere que el único hermano de su padre le acompañe. Yo soy un simple cura de pueblo.

En el bar de la esquina había bullicio, la gente se mezclaba entre los que tomaban el segundo café de la mañana y los que comenzaban la hora del vermut con la caña y el pincho de tortilla. La mayoría de mesas estaban ocupadas, pero la del fondo parecía un oasis en pleno desierto esperándonos. No llamábamos la atención, aunque mi acompañante superaba con creces la media de edad de aquel lugar. El camarero nos sirvió con rasmia los dos cafés con leche que pedimos. Me alegraba volver a verlo y se lo dije.

—¡Qué alegría volver a verle, don Juan Pablo!

—No me trates de usted, Pilar, que ya somos bastante mayores los dos.

Y sonrió como lo recordaba en mi infancia y pude recordarlo cuando estaba más ágil y cuando era un cura raro para todos. Porque nunca llevó sotana, porque atendía a todos por igual y siempre hizo lo mejor para el pueblo.

—¿Cuántos años han pasado? ¿Treinta y cinco?

—Toda una vida, Pilar… ¿Cómo estás?

Y le conté que tenía un hijo, dos nietos y un marido. Que no me podía quejar.

Él ya estaba jubilado y pendiente de su familia en el mismo grado que su familia estaba pendiente de él.

—¿Y tus hermanos? ¿Cómo están?

Le conté de Juan y de sus hijas. Que vivía en Alhama de Aragón y que ya estaba jubilado del balneario. Que había llevado una buena vida y que nos escribíamos con frecuencia.

—De José no sabemos nada.

—¿Y cómo es eso?

En ese momento, mi mirada se enturbió. Llevaba demasiados años tratando de no recordarle, sin conseguirlo. Le conté la promesa que nos había hecho antes de marcharse y cómo nunca había vuelto a por nosotros.

—Se tenía que ir, Pilar. No le guardes rencor.

—No es rencor. Pero nunca lo he podido hablar con nadie. Juan no ha querido saber de él. Nos abandonó y eso es lo único que le importa. Alguna vez he intentado hablarlo con él y no quiere saber nada.

—Erais unos niños los tres.

—Lo que siempre me ha fastidiado es que tiene razón. Nunca dio señales de vida. Ni siquiera sabemos dónde está. Si está bien o no.

Don Juan Pablo me miró como quien mira a una niña pequeña. Y sentí la ternura en su mirada.

—Yo le dije que se fuera.

Y ahora era yo la que le miraba profundamente.

—¿Por qué?

Me cogió la mano y la apretó con contundencia.

—Yo mismo le ayudé. Esa noche había cenado en casa de alguien y allí se comentó lo que le iban a hacer al día siguiente.

Era injusto, no era más que un chaval. Por eso quise evitarlo. Lo llevé hasta los Pirineos y le busqué lugar en Francia. Las venganzas siempre acaban con los débiles y entonces vosotros lo erais. Habíais perdido a vuestros padres y era injusto que también perdieseis a vuestro hermano mayor.

—Lo perdimos, Juan Pablo. Prometió buscarnos, prometió escribirnos y nunca lo hizo.

—¿Cómo sabes que no lo hizo? Vosotros ya no estabais en casa para recibir ninguna carta. Os marchasteis sin decir a dónde ibais.

—Nadie nos quería allí.

—Yo sí. Y si algo me ha atormentado siempre es no haberme dado cuenta de lo que pasaba. Estos años he pensado en vosotros. Mucho. Sólo Dios sabe cuánto he rezado para que estuvieseis bien.

—Pero tienes razón, nunca sabremos si vino a buscarnos.

—¿Por qué no se lo preguntas? Ya te he dicho que yo conozco al cuidado de quién lo dejé.

Cogió una servilleta de papel y sacó un bolígrafo del bolsillo de la camisa. Escribió la dirección que había escrito treinta y cinco años antes para José.

—Puede que todavía continúe allí y, si no es así, ellos podrán decirte dónde encontrarlo.

Extendió el papel rozando la superficie de la mesa. Y dudé si debía cogerlo. Al fin y al cabo, había pasado mucho tiempo, un tiempo que no sabía si quería recuperar.

Esa noche no pude dormir. Cuando los primeros rayos de sol comenzaban a inundar la habitación, Víctor se giró hacia mí.

—¿Me vas a contar qué te pasa?

Y le hablé del encuentro del día anterior. Y todos mis temores salieron uno detrás de otro. ¿Cómo se escribe a un hermano del que no sabes nada? ¿Cómo se empieza una relación con alguien que no conoces? ¿Cómo se mantiene ese contacto? ¿Querrá él saber de mí? Aquellas preguntas no tenían respuesta.

—Si no le escribes, nunca tendrás respuestas.

—No estoy preparada.

—No tienes prisa.

Eso me gustaba de él. Nunca me había insistido en nada. Siempre me había dejado mi tiempo y mi decisión. No era pesado ni pretendía nada más allá. Y yo sabía que podía contarle todo, lo que me pasaba, lo que pensaba, lo que me daba miedo. Por eso después de aquel amanecer no volvimos a hablar en mucho tiempo de aquel papel, de aquella dirección.

Continúe recibiendo la carta mensual de Juan, no sabía si contárselo. Alguna vez había querido hablar con él sobre José y siempre se había cerrado en banda. Antes tenía que estar segura de lo que yo quería hacer.

Me jubilé cinco años después que mi marido y nos fuimos al pueblo. El chico, que ya tenía a nuestros cuatro nietos, venía a visitarnos los domingos y los niños se quedaban en vacaciones. En la tranquilidad que da el silencio, en el tiempo que te ofrece la calma, fui más feliz que en toda mi vida. Iba con Josefina de paseo hasta el río todas las tardes y nos reíamos mucho, porque la vida era sencilla y suficiente. No necesitábamos más de lo que teníamos y con eso bastaba. Las noches de verano se alargaban en las calles y las tardes de invierno se acortaban frente a la chimenea que calentaba con fuerza. Me gustaban los paseos con mi amiga cuando tenía a mis nietos, los chicos corrían camino abajo para ver quién llegaba primero. Después de merendar pedían a su abuelo que los cronometrara a ver quién pedaleaba más rápido. Él se sentaba en la puerta, debajo del melocotonero y se ayudaba de su pulso para contar. Siempre quedaban en empate y todos contentos. Me gustaba mirar a Víctor con los niños, porque volvía a ser niño de nuevo. Porque reía sus gracias, los lanzaba al aire y los abrazaba para evitar que se escapasen. Los dos volvíamos a ser jóvenes con la ventaja de tenerlo casi todo hecho. Él los acostaba por las noches.

—¿Ya se han dormido? —dije desde la puerta.

Los cuatro compartían la habitación que había sido de su abuelo. Víctor se levantó de la cama del pequeño y vino conmigo. Me pasó la mano por el hombro y nos quedamos mirando a los niños que dormían en paz.

—No lo hemos hecho mal, ¿verdad?

Y le besé para que supiera que no, que no lo habíamos hecho mal. Fuimos despacio a nuestra habitación. Y nos tumbamos en la cama con la ropa todavía puesta. Me giré y me acurruqué en su pecho. Su axila ya tenía la forma exacta de mi hombro. Me apretó hacia él y permaneció en silencio.

—Gracias. —Y me abracé fuerte a él.

—Gracias a ti, por todo, siempre. —Y me besó en la frente.

Si hubiese sabido que dos años después de aquella noche yo me iba a acostar sola en la cama que había sido de los dos, esa noche no hubiese hablado más. Me hubiese quedado callaba escuchando su respiración por siempre. Porque dos veranos después, los chicos volvieron al pueblo como hacían cada año, pero su abuelo Víctor ya no estaba. Si me hubiesen dejado decidir, hubiese preferido morir antes que él. Porque vivir sin él me costaba más que cualquier otra cosa. No quería que mi familia se enterase, por eso me callé como lo había hecho tantas veces en mi vida. Pero perdí las ganas de casi todo. La única que conseguía animarme un poco era mi amiga Josefina, me obligaba a ir cada tarde hasta el río y me preparaba la comida cuando me veía más dispersa.

Los niños me ayudaban a centrarme, me daban trabajo y me consolaban a partes iguales. Ellos crecían cada vez más y yo me acostumbraba a mi nueva situación. A lo que no me acostumbré nunca fue al lado vacío de la cama. A no encontrar calor en las noches de invierno. A eso, nunca. Porque en la oscuridad de la noche se piensa mucho y a menudo esos pensamientos no te dejan dormir. Y ya nunca esperaríamos la noche siendo viejitos debajo de la parra, y ya no acudiría de su brazo a la boda de nuestros nietos, y ya nadie me besaría en la frente como él sabía hacerlo. A veces cuando me sentaba en el porche podía presentirlo en el cobertizo, podía presentirlo porque quería. Si no hubiese sido cobarde, me habría ido con él. Pero yo, que lo había pasado todo en la vida, no tenía fuerzas para más. Por eso no hice nada. Y sobreviví una vez más.

El verano llegaba a su fin y mi nieto pequeño se casó en agosto. Acudí a la boda con Josefina, que ya se había convertido en mi acompañante en todos los actos familiares. Cuando Pablo nos dejó en el pueblo, cada una nos fuimos a nuestra casa. Sólo pensaba en descalzarme y dormir. Me quité los pendientes y abrí una caja de madera que descansaba sobre la cómoda de la habitación. Allí descubrí la servilleta de papel doblada cuidadosamente que llevaba guardada muchos años. Dejé los pendientes y desdoblé con cuidado el papel amarillento, la dirección que había escrito don Juan Pablo seguía allí impasible al paso del tiempo. Tal vez había llegado el momento de recuperar mi pasado.

Estaba cansada, pero dormí mal. Por la mañana me animé a escribir al hombre que no conocía. Me quedaban pocos recuerdos del niño que había sido mi hermano mayor toda mi vida. Había dejado de acumular recuerdos con él demasiado pronto. Pero igual no era demasiado tarde. De cualquier manera, ese era el momento. Me senté en la mesa del porche, porque presentir a Víctor en el cobertizo me daba las fuerzas que necesitaba para emprender aquel viaje sin destino conocido.

Agosto de 1995

Querido hermano:

Espero que estas letras que te escribo sean una sorpresa agradable para ti. He dudado mucho si debía escribirte o no y tengo que pedirte perdón porque hace muchos que podía haberlo hecho y no lo hice. No sabía cómo comenzar ni cómo continuar. Ahora que el ocaso de mi vida está llegando ya no tengo nada que perder, por eso he comenzado a escribir sin tener muy claro lo que quiero decirte. Espero que la vida te haya tratado bien. Quiero que sepas que no importa lo que pasó. Que no quiero saber si fue tu culpa o la nuestra haber perdido el contacto. Creo que ha llegado el momento de pasar todo por alto, de dejar todo a un lado. Espero no importunarte con lo que lees, no es mi intención. Sólo decirte que estoy aquí. Que tengas una dirección para que sepas dónde escribir. No tengo la certeza de que te llegue esta carta. Coincidí hace años con don Juan Pablo y fue él quien me la proporcionó. Me contó más cosas que desconocía y que me hicieron pensar mucho y comprender. Las guerras sólo traen cosas malas y a nosotros nos lo trajo todo. Espero que estés bien.

Un abrazo.

Pilar

Tardé varios días en depositar la carta en el buzón y lo hice sin decirle nada a nadie. Mi vida continuó sin mucho sentido. Con una rutina a la que me había acomodado con dificultad. Me había hecho cargo del huerto y en ello invertía parte de las mañanas en las que no me dolía la espalda. El tiempo había pasado rápido a través de mi cuerpo. Frente al espejo, cada arruga de la cara me recordaba que no había sido tan rápido, que había hecho demasiadas cosas y eso sólo se había conseguido con días, con años. Daba gracias por la vida que había llevado porque, pese a todo, podría haber sido peor. Podría no estar en ese momento frente al espejo. Con los Hidalgo no me había faltado de nada. Y con Víctor lo había tenido todo. Ya tenía gastada mi función en la vida. Había sido hija, hermana, esposa, madre, abuela. Después de eso, ya quedaba poco. Lo que no esperaba es que la vida me podía emocionar de nuevo. Pero a finales de septiembre lo consiguió. Porque el hermano que no veía desde hacía casi setenta años volvió a mí. Porque aquella carta mal escrita me trajo ganas, y alivio. Estaba vivo, que ya era mucho. Más de lo que podían contar tantos otros que se habían quedado en el camino. Estaba vivo y mayor. Estaba mayor y tan ilusionado como yo.

En septiembre se alegró mucho, en octubre no se podía quejar, en noviembre tenía dos hijas, en diciembre feliz Navidad. En enero feliz año nuevo, en febrero echaba de menos a su mujer, en marzo menos mal que tenía a su amigo. Habíamos pasado ocho meses carteándonos y yo esperaba con ganas cada sobre. Con las mismas ganas que esperaba los de Juan, pero con la emoción que me daban los primeros de José. Cada carta que llegaba era más extensa, hasta el verano siguiente. En mi carta de junio le comuniqué que Juan había muerto.

Aquella muerte, más esperada que la de mi marido, me trajo de nuevo la tristeza. Había pasado demasiado tiempo. Un tiempo que no volvería a juntarnos a los tres hermanos nunca. Así se lo expresé a José en la carta de julio. Y en mayo del año siguiente aproveché la peregrinación que celebraron en el pueblo a Lourdes para visitarlo.

No le dije nada a mi hijo cuando se extrañó al comentarle la excursión, tampoco le dije los verdaderos motivos a Josefina que se extrañó, más que mi hijo, por las ganas que tenía. Nadie sabía la razón y tampoco tenía ninguna intención de contarla. Había pasado demasiado tiempo hasta llegar a ese momento y no pensaba compartirlo con nadie. Quería atesorar aquel momento para mí sola. Porque me lo merecía, nos lo merecíamos los dos.

Me subí a aquel autocar con las ganas del niño que ese día no va a clase, con la fiesta de tener un día distinto. Me escabulliría de las compañeras de viaje, me apartaría de todas y me dejaría llevar. Era necesario retener ese momento. Aquel encuentro al que mi hermano llegó acompañado del amigo que había hecho de chófer. Un amigo que esperó tranquilo dentro del coche mientras nosotros nos reconocíamos en medio del gentío, en medio de cánticos que no iban con nosotros. Porque nuestros sentimientos eran nuevos para los dos. Porque nunca habría podido imaginar que en medio de toda esa mercadería me encontraría con él.

No estuvimos mucho tiempo juntos. El suficiente para saber que éramos nosotros. Dos vidas que no tendrían que haberse separado nunca. Porque éramos demasiado mayores para poder recuperar el tiempo perdido. Pero los dos queríamos intentarlo y a ninguno nada nos ataba demasiado. Estábamos los dos solos, pero con nosotros, en aquel abrazo interminable, estaba Juan, y estaban nuestros padres, y estaba Lola, y conmigo también Rosario. Porque en aquel abrazo me empeñé en volver a ser la niña que jugaba con las telas a hacer disfraces imposibles, la niña que disfrutaba viendo peinarse a su madre, aquella que había tenido que crecer antes de tiempo. Me encontré con un hombre de pelo cano, que tenía la misma mirada que cuando era niño y unas manos que no disimulaban el trabajo realizado durante su vida. Le costaba caminar, pero sacaba fuerzas para hacerlo. Me fijé muy bien cuando volvió hacia el coche. Arrastraba el tiempo que había pasado sobre él. Y quise fijar aquella imagen para conservarla siempre, por si no se podía repetir.

Regresé al pueblo con el alma en paz y el corazón lleno. Y volví a las cartas con mi hermano y a las llamadas telefónicas. Y regresé a la vida tranquila, a la vida de costumbres, a la vida que ya no era del todo vivir. Los días pasaban sin traer nada nuevo. Algunas veces las llamadas de mis nietos me devolvían a una realidad que no era la mía. El mundo había cambiado demasiado en poco tiempo y a mí me había tocado aprenderlo todo. No me habían educado para nada de lo que me había tocado vivir, pero cada arruga que me devolvía el espejo me ayudaba a recordar cada momento. Me había adaptado a las cosas sin entenderlas demasiado. Comprendía que debía ser así pero no era fácil para una mujer como yo.

La primera carta del milenio me trajo de nuevo la alegría. José quería venir a visitarme. Sus miedos se habían ido desvaneciendo con los años. Quería que nos encontrásemos. Quería que estuviésemos cerca. Era el momento de dejar el bolígrafo y de mirar el buzón.

—Josefina, ¿sabes si la hija del panadero alquila la casa?

—¿Para qué quieres tú esa casa?

—No es para mí.

—Yo diría que sí.

Y me alegré de que no preguntase más porque las siguientes semanas me esmeré en dejar la casa lista. La limpié, la ordené y llevé todo lo que pudiese necesitar. Las camas las dejé hechas y un segundo juego de sábanas en el armario, algunas toallas y la despensa llena. Tuve que hacer varios viajes para eso, algunos con mi amiga, pero no dijo nada.

Mi hermano llegó en primavera y lo hizo acompañado de su amigo inseparable. En ese momento no imaginaba lo importante que había sido para él. Me lo contó en el primer café que nos tomamos en el porche. Cuando me contó por qué se había ido y por qué no nos había buscado. No pude reprocharle nada. A esas alturas de la vida ninguno de los dos podíamos dar marcha atrás y, aunque hubiésemos podido, tampoco habríamos arreglado nada. Cada día, después del paseo, iba a visitarlos y su amigo nos dejaba solos. Nos reencontramos con todo lo que era nuestro. Nunca le dije a nadie quién era él. Ya daba igual todo. Quería aprovecharlo porque tampoco sabíamos cuánto tiempo nos quedaba a ninguno de los dos. Nadie preguntó. Y a mí me encantaba volver a ser la hermana pequeña, que me explicara todo, que me abrazara con sus brazos largos y sus manos torpes. No sé lo que pensarían los demás, tampoco me importaba mucho. Aquellos años, los últimos para mí, volvieron a ser alegres. Pasábamos mucho tiempo juntos, cada día más. A menudo, incluíamos al amigo en nuestros paseos o en nuestros cafés. Algunas veces también venía Josefina. Echábamos partidas de cartas o al dominó. Y volví a reír. No de la misma forma a como lo había hecho otras veces, porque a los dos nos faltaba demasiada gente. Nunca hice partícipe de esa alegría ni a Javier ni a mis nietos. Si les hubiese presentado, habría tenido que contar mi historia y no quería hacerlo. No quería volver al principio para no ganar nada. Sólo se lo había contado a Víctor y se había ido con él. No era necesario repetir todo aquello. Dolía demasiado, aunque era consciente de la suerte que habíamos tenido.

Después de todo, no me podía quejar de la vida que había llevado. Con los Hidalgo nunca me había faltado nada. Me habían tratado como a una hija y no sabía si lo había merecido. Pero aquel matrimonio me había dado más de lo que una chica en mis circunstancias podía aspirar. Con los años llegaban hasta mí recuerdos claros. Me habían dejado leerme toda la biblioteca de aquel piso de la calle Unceta. Me habían llevado a aprender con las monjas. Me habían dado amigas con las que salir. Siempre había vivido con la sensación de que me faltaban mis padres. Así era, pero con el tiempo valoré que mis padres habían sido ellos. Me habían educado, me habían dado cariño, me habían guiñado el ojo. Cuando te haces vieja llega la nostalgia, y también se puede añorar lo que se tenía que haber vivido. Porque mi vida en mi pueblo de origen hubiese sido muy distinta. Nunca lo nombré en voz alta después de marcharme, porque se me había arrebatado lo que me pertenecía: una vida con mi padre, los bollos de Rosario, las tardes en la cocina con Lola. Todo eso, sin vivirlo, también lo añoraba a esas alturas. Después de la nostalgia me llegaba la tranquilidad de saber que, todo lo que me habían quitado, la vida me lo había recompensado. Porque, aun sin haber sido completamente feliz, no podía decir que mi vida había estado mal. Había luchado, no me había quedado parada. Estaba contenta de no haberme quedado quieta, de habérmela trabajado, de habérmela merecido. Y eso es algo que muchas personas no pueden decir.

Pasé cinco años hermosos con mi hermano. Pero después me empecé a encontrar cada vez más cansada. Dormía mucho y tenías pocas ganas de nada. Acudí al médico y el diagnóstico fue claro. No quise tratarme. No quería exponerme a un sufrimiento añadido, ni exponer a mi hijo ni a mis nietos. No les dije nada hasta que fue inevitable. Cuando ya no podía moverme mi hijo me llevó con él. Y estuve bien porque pude verle en su terreno. En su magnífica relación con su mujer. Y pude pasar domingos con mis nietos y con sus hijos. Y pude decirles adiós en silencio. Sin decir nada. Sólo les pedí que me devolvieran al pueblo. Quería estar con mi marido siempre.

MARTA (VI)

Berta llegó el viernes y se fue el domingo. No puedo decir que tuviese ganas de que se marchara, pero cuando el coche se alejó por el camino sentí un gran alivio. No era un alivio por perderla a ella de vista, sino por poder volver a casa de Pierre a escucharle. No había podido ir en todo el fin de semana y no me lo había quitado de la cabeza. Quería que me contase, también que me respondiera a un montón de dudas que saltaban intranquilas en mi cabeza. Quería visitarlo de nuevo y que llegase al momento de suhistoria donde aparecía mi abuela. Era lo que me interesaba de verdad, aunque su vida no tenía desperdicio. Estaba claro que era un sobreviviente de los malos tiempos, que había tenido que vivir como había podido, que no había tenido muchas opciones de elegir.

El lunes me levanté temprano y sentada sobre la cama leí el último SMS de Lucía. Traería a la niña el siguiente fin de semana. Me alegré de poder conocerla, y me alegré también por ella. Cuando bajé la tapa del móvil sentí una extraña atracción por la cajita de madera que estaba sobre la cómoda. Una caja hecha a mano por mi abuelo. Sabiamente lijada, sabiamente barnizada, con una tapa que encajaba a la perfección en el conjunto. Me levanté despacio y me entró frío. La cogí, me senté sobre la cama deshecha y la puse sobre mis rodillas. Al abrirla, el pasado entero recorrió mi cuerpo. Allí estaban los pendientes que siempre se ponía para ocasiones especiales.

Brillaban con el sol de la mañana. Y recordé los tiempos felices en los que mi abuela los usaba. Junto a ellos, una estrella de madera. Nunca se la había visto puesta, pero era muy bonita, madera color miel con un aro de metal que la unía a un cordón negro. En el fondo había un papel doblado. Lo desdoblé con cuidado, de lo contrario creo que se habría roto. Era un papel fino, muy amarillento, con un tacto similar a las servilletas de los bares. Cuando tuve ante mí el papel estirado descubrí el tesoro que guardaba.

José Partearroyo
54 Rue Kléber
Tarbes, Occitania, Francia

No sabía si reír o llorar. También hubiese podido gritar. Pero no pensaba desperdiciar ni un solo segundo en ninguna de las tres cosas. Dejé la caja en su lugar con todo su contenido y fui a hacerme el primer café del día. Escribí la columna del periódico y la mandé a mitad de la mañana. Desde el porche se veía el huerto que en años anteriores había sido próspero, ahora sólo quedaban vestigios de lo que había sido. Sin embargo, el melocotonero de la entrada estaba en plena explosión de flores. Seguía conservando todo su esplendor. Este año intentaría comerme algunos de sus frutos carnosos y dulces. Quedaban un par de meses para eso. Pero tenía la certeza de que aquella casa me había atrapado para siempre. Sabía que volvería a menudo a aquel lugar de la infancia. Y lo sabía porque ya tenía a mis amigas allí, porque volvería a mi casa. No se puede volver a ningún lado si no se ha estado allí previamente. Y este pueblo me devolvía a la alegría de los días felices, a los días sin preocupaciones, a los años primeros. Por eso sabía que volvería más pronto que tarde. Porque este primer regreso obligado me había dado mucho más de lo que imaginaba. Porque esta obligación me había devuelto vivencias y me había dado una parte de la familia desconocida. Me había forzado a buscar, a conocer un pasado que no había sido pero que había formado mi presente.

Maribel me escribió un *e-mail* para contarme que no había hallado nada. Le contesté diciéndole que tenía una dirección por la que empezar a buscar, pero también muchas dudas. La abuela la había tenido guardada por mucho tiempo y no sabía si debía seguir indagando. Si ella no nos había contado, no sabía si debía seguir tirando del hilo. Yo no era nadie para deshacer un ovillo que ella no había querido estirar. No estaba segura de nada. Igual ella no había tenido el tiempo. Porque existe un tiempo para todo, para reír y para llorar, para partir y para regresar, para vivir y para terminar, para morir y para comenzar, para dar y para recibir, para pensar y para decidir, para olvidar y para entender, para ganar y para perder. Tal vez no le había llegado la hora, tal vez ese momento en el que aceptar lo que fue, no había llegado nunca. Tal vez lo perdido era más que lo ganado, y el tiempo de sufrir, era más profundo que el de perdonar. Sentí la necesidad de preguntárselo, pero era demasiado tarde. Había tardado demasiado en querer conocerla. Y el tiempo pasado no se puede recuperar cuando llega la muerte. Me embargaba cierta rabia hacia mí misma. No había sabido sentarme con ella y escucharla.

El sol marcaba el mediodía y salí a pasear con la esperanza de encontrarme al francés en su lugar. Y ahí estaba. Cuando llegué a su altura me senté dando los buenos días. Llevaba tres días sin aparecer por aquella casa.

—¿Por qué viniste aquí?

—Porque aquí, en este pueblo, estaba Pilar, y me hubiese dado igual éste que otro. Quería encontrarme con ella. El primer encuentro después de muchos años fue en Lourdes, ella vino a visitarme. No pudimos estar mucho tiempo juntos así que se lo debía. Muchos años antes le había hecho la promesa de buscarla y llevarla conmigo, y fíjate, al final, en lugar de que ella viniese, vine yo. Y fue ella la que me encontró. A veces, es caprichoso el destino y casi siempre es justo. Por eso vine, porque después de su visita ya no quise perder el tiempo. Habíamos perdido demasiado en esta vida. A mi edad y a la suya, tiempo era lo que menos teníamos. Pero los dos queríamos lo mismo. Recuperar lo perdido. Y lo conseguimos. Seguía siendo tan buena como siempre. Me aceptó sin preguntar demasiado, y nos quisimos por todos los años que no habíamos podido.

—Me acuerdo de aquel viaje. Me trajo una botellita de plástico con forma de Virgen llena de agua. A todos nos extrañó que se apuntara a aquella excursión.

—Yo vivía muy cerca del santuario y vino en la primera oportunidad que tuvo.

—Tengo otra duda. ¿Por qué si naciste en España eres francés?

—Al casarme con Elise, adquirí inmediatamente la ciudadanía francesa. No me preocupé de más, como tampoco lo hicieron muchos de los españoles que vivían en Francia. En ese momento, con Franco en España, tampoco nos importaba demasiado dejar de serlo. Muchos querían pasar página, otros sólo querían seguir adelante. A la mayoría ese país les ha dado todo y, lo principal, les ha conservado la vida, como a mí. Me dio una mujer hermosa, unos amigos y unas hijas estupendas. Sólo puedo estar agradecido. Cuando mis hijas me cambiaron el nombre, no me importó. El amor que nos une es superior a todo lo demás. En este país dejé muchas cosas buenas, pero también mucho sufrimiento durante un tiempo. Un sufrimiento que se mitigó cuando vi a tu abuela. Yo la quería mucho. Y no hay nada peor, que sobrevivir a todas las personas que quieres, aunque es inevitable. Por suerte Pilar y yo nos dijimos todo lo que teníamos que decirnos. Por eso estoy en paz.

—No entiendo... ¿Fuiste novio de la abuela?

Y el hombre se echó a reír y resultó que yo no estaba entendiendo nada.

—No, qué va. Yo me llamó José y éramos hermanos.

Me levanté de la piedra sin decir nada. Caminé tres pasos para ponerme frente a él y me dije a mí misma lo tonta que era. Porque al mirarlo descubrí unos ojos tan azules como los de Maribel. Sabía que los había visto antes, pero hasta ese momento no me di cuenta. Tal vez, como tantas veces sucede, había estado cegada queriendo encontrar lo que ya tenía al lado. Me acerqué a él despacio y en silencio, solamente pude abrazarle. Él me rodeó con sus brazos temblorosos.

—Te estaba buscando.

—Esperaba que me encontrases.

Me senté, de nuevo, junto a él. Llevé su mano derecha a mis rodillas y la apreté con las dos manos para que no se soltase.

—Cuéntamelo todo. Desde el principio, por favor.

—Toda la vida nos la hemos pasado conformándonos, y nos no quejamos. Nacimos en un pueblo pequeño del interior de España, uno de esos en los que los inviernos son tan duros como los veranos. Uno de esos en los que todos los vecinos se conocen, tanto para bien como para mal. Nuestros abuelos eran muy mayores, y no logro tener recuerdos nítidos de ellos. De mis padres sí.

Ese día no comí, tampoco cené. Me contó toda la vida de mi abuela pestañeando despacio. Y lo entendí todo. Entendí que no nos hubiera contado nada. Entendí las cartas de Juan y que Maribel supiera tan poco como yo. Me enseñó todas las cartas que la abuela le había mandado y todas las que él le había enviado. Porque antes de ponerse enferma del todo, quiso que las tuviese él. Era algo entre ellos dos. Y a Juan no podía devolvérselas. Me las cedió con la promesa de devolverlas. Y en mi mente fueron encajando todas las piezas del puzle.

Hasta ese momento sólo había buscado firmas, lo que me interesaba era que firmaran una herencia que me correspondía. Pero me había encontrado con personas. Personas unidas a una historia que era la mía. La de una familia a la que pertenecíamos todos. Una familia separada por algo que yo no había vivido, pero que sí me había afectado. Es lo que tiene el silencio. Si uno calla, aunque sea muchas veces por supervivencia, se dejan atrás muchas más cosas. Y en mi país se ha callado mucho. En ocasiones demasiado. Y es lícito. Porque los recuerdos para una mujer como mi abuela no eran demasiado buenos. Y respeto que no hablase, pero me hubiese gustado que una de esas noches de verano en las que venía a arroparme me hubiese contado su historia. Sin embargo, tengo dudas de si la hubiera escuchado. También era culpa mía ese silencio. Nunca me había preguntado a mí misma por mi vida ni por la suya. Ya era tarde. Por suerte, me quedaba José. Me había dejado a su hermano para que me narrara su infancia. A favor jugaba mi edad. Porque con cuarenta años una es más consciente de todo.

No dormí bien aquella noche, no paré de dar vueltas. Me desperté en varias ocasiones y a las seis decidí levantarme. Le escribí un correo a mi prima para dejase de buscar. Le conté mi día anterior y esperé que me contestase. El ordenador me anunció su respuesta con el segundo café de la mañana. Me decía que lo importante de todo aquello era que nos habíamos conocido. En agosto vendría su hermana Teresa y podría conocerla. También empecé a pensar que eso era lo más importante. Antes de comer cogí el coche y fui hasta Zaragoza. No había avisado a mis padres pero los perros anunciaron mi llegada como lo hacían siempre. Mi padre salió a la puerta y se ayudó de su mano para hacer sombra a sus ojos.

—¡Marta!

—Tengo que hablar con vosotros.

—Claro, pasa.

Y durante la comida les conté todo. No escatimé en detalles ni en datos. Y mi padre, que siempre se había mostrado firme y cerrado ante toda esta historia, se dejó llevar por una vez. Les conté que estaba esperando la llamada de Sáenz de Ayala y que no sabía qué hacer.

—Yo haré lo que quiera José. Cuéntale a él.

Mi padre tenía claro lo que debíamos hacer con las tierras de su abuelo. Y me lo dejó muy claro a mí. No necesitábamos más dinero del que teníamos. Hasta ese momento todos habíamos vivido bien, habíamos aprendido a vivir con lo que teníamos. Era verdad.

Regresé al pueblo tras la comida, con la clara intención de ir a ver a José. Quería hablarle de la propuesta de Sáenz de Ayala. No sabía cuál sería su respuesta, pero para poder vender necesitábamos su firma, junto a la de mi padre y la de Maribel y Teresa. Tenía cierto temor en sacarle este tema. No sabía cómo afrontar esa conversación, pero salí de dudas enseguida.

—Esas tierras ya no son mías, teníamos que haberlas recuperado antes. Ahora ya no tiene sentido. Tenemos la justicia de nuestra parte, lo sé. Pero no debemos. Esas tierras están siendo cultivadas por los nietos de aquellos que no se portaron bien. ¿Debemos nosotros levantar la piel y dejarles la herida abierta? No debemos, Marta, no es justo para ellos. Hasta ahora hemos vivido todos sin regresar a aquel pueblo. No lo hemos necesitado.

—No lo hemos necesitado porque no lo sabíamos, pero ahora...

—Ahora nada. Hay que dejar todo como está. Vosotras sabéis que están ahí. Tú sabes todo lo que hay detrás. Cuando yo no esté, hablas con las hijas de Juan, con mis hijas, con tu padre y hacéis lo que queráis. Yo juré que no volvería allí y voy a cumplir mi promesa.

—Pero es mucho dinero...

—Tienen el mismo valor que tenían hace setenta años y ni a tu abuela ni a mí nos sirvió de nada. Precisamente, por tener todo lo que teníamos, sufrimos como sufrimos. Entonces, nadie en ese pueblo sintió la más mínima lástima por nosotros. Que les aproveche todo.

—No es justo...

—No va de justicia la cosa, Marta, va de vida. De ser y no de tener. De desear, sabiendo lo que se puede alcanzar. De ser fiel a uno mismo, sin corromper a los demás. De eso va.

No dije nada más. Me fui a casa haciéndome muchas preguntas. Estaban en continuo movimiento dentro de mi cabeza. Ahora mis preocupaciones eran las que antes de llegar aquí no tenía. Mi abuela había soltado amarras, la única suerte que había tenido durante mucho tiempo eran esas cartas que le ataban a sus hermanos y que ahora venían conmigo. Se habían marchado de su pueblo sabiendo que no iban a retornar nunca. Las nuevas generaciones no tienen por qué tener memoria de los padecimientos de los que quedaron atrás. Me gustaba ser una excepción, comprendía qué había querido hallar. Pero no se puede hallar sin saber. Hallazgo y conocimiento van unidos de la mano. Y este tiempo que había pasado en el pueblo me había servido para valorar el esfuerzo, valorar el sufrimiento y valorar lo que yo he llegado a conseguir. Yo había podido elegir mi vida, había podido elegir mi profesión, había podido elegir mi ático de la decimosegunda planta, había podido elegirlo todo. Sin embargo, ella había vivido como había podido, como le habían dejado, como la vida le había permitido.

Pronto tendría que volver a Madrid, regresar a mi vida después de aquel paréntesis. Sentía que todavía faltaban cosas, porque quería conocer a Fátima y a Olaya, las hijas de José, y a Teresa. Cuando estaba abriendo la puerta sonó el teléfono. Maribel sonaba tranquila al otro lado.

—No quiere que hagamos nada, y lo entiendo. Me ha costado comprenderlo, pero es así —le dije.

—Yo también lo he pensado. Si mi padre guardó todas las escrituras y nunca dijo nada fue porque no quiso, deberíamos respetarles y dejar todo como lo dejaron ellos. Pero creo que deberíamos juntarnos, si podemos sacar algo de esto es que nos hemos conocido.

Y así fue como, a comienzos de agosto, nos juntamos en un restaurante de carretera todos los Partearroyo y dos tías adoptadas que vivían en Francia. Una semana después de incinerar al hermano mayor de mi abuela, nos juntamos todos los descendientes que seguíamos vivos. Y resultó que las hijas del último fallecido hablaban un español mucho mejor de lo que pensaba. También merecían estar en este encuentro, porque el Partearroyo mayor había sido un padre para ellas. Vinieron con sus maridos, sus hijos y sus nietos, que jugaban con mis sobrinos sin entenderse. Estaban Maribel y Luis, y Teresa y su marido, Adrián, y todos sus hijos y nietos. Y mi padre. Y mi madre. Me di cuenta de que aquello que compartíamos era más que una comida, era el encuentro que nunca habían podido tener los que ya no estaban. Cada uno repasaba la herencia que cada hermano nos había dejado. Muchas lecciones que no habríamos aprendido de otras personas. La muerte es triste, cruel, despiadada e injusta. Para lo demás está la vida. Porque si para algo está la vida es para contrarrestar todos los adjetivos de la muerte. En aquella mesa éramos todos distintos pero todos pertenecientes a un mismo árbol. En aquella mesa hicimos algo más que comer. Aquel encuentro era reconocimiento, era unión, era familia. Y aquel día brindamos por los que no estaban, por una herencia que no era la que yo esperaba. Había heredado una familia. Lo demás ya no importaba.

Este libro se terminó de imprimir
el 22 de abril de 2024,
ciento veinte años después del nacimiento
de la escritora, filósofa y poeta
María Zambrano.

Títulos publicados

PREGUNTA
ediciones

Relatos

Las pérdidas rojas. Chusa Garcés
Cuentos detrás de la puerta. Begoña Abad
Amor, blanco roto. Chusa Garcés
Letras de tinta. Lourdes Aso Torralba
Baños de Panticosa. Premios Literarios. Varios autores
Sobreexposición. Laura Bordonaba Plou
Desde el otro lado. Prosas concisas. Fernando Aínsa
Buscando los orígenes de aquello. Irene Achón, María Jesús Artigas, Alberto Delmalo, Ana García, Coral González, Anabel Hernández, Aitana Muñoz, María José Pardo, Eva Pardos, Elisa Pérez, Manuel Pinos, Pilar Royo
Brioleta. Encuentro de escritoras aragonesas. Lourdes Aso Torralba, María Pilar Benítez Marco, Elena Gusano Galindo, Chusa Garcés, Blanca Langa Hernández, Angélica Morales, Marta Navarro, Almudena Vidorreta
Los soñadores. Roberto Malo
Bilbilitanos en la historia. Ricardo Ramos Rodríguez
El dolor del cristal. Sergio Royo
Polar. Laura Bordonaba Plou
La prueba final y otras historias cortas. Ganadores del Certamen de Cuentos y Relatos Breves Junto al Fogaril
Viviendo en tiempo brutal. Sergio Royo
Contemplación. Franz Kafka
Zaragoza turbia. José María Tamparillas
Sabor metálico. Eva Pardos Viartola
Cuentos esféricos. Chema González
Canciones tristes que te alegran el día. Miguel Mena
Todo es agua. Begoña Fidalgo
Mar de lejos. Manuel Pinos
Y de repente esta lluvia. Sergio Royo
De bares y mujeres. Marta Armingol, Olga Asensio, Laura Bordonaba Plou, Clara Castán Ibarz, Begoña Fidalgo, Paula Figols, Chusa Garcés, Magdalena Lasala, Elvira Lozano, Rosa Martínez, Angélica Morales, Eva Pardos Viartola, Clara S. Mendívil, Laura Serrano
Diáspora. Isabel Gutiérrez Cía
Relatos de La Flama. María Jesús Artigas, Emilia Bayod, Marta Gascón, Clara Járboles, Merche Llop Alfonso, Abraham José Mendoza Diloy, Eva Pardos Viartola, Alfredo Pérez, Elisa Pérez Ibarra, Manuel Pinos, María José Sanjuán, Wenceslao Varona López, Gloria Verdoy
Un martes cualquiera. Laura Latorre Molins
Con voz y voto. Pioneras americanas del relato social y la ciencia ficción y tres piezas del teatro sufragista británico. Edición de Isabel Alquézar y Berta Lázaro
Todos los crímenes del mundo. Sergio Royo

Novela

El último concierto de David Salas. Roberto Malo
Crónica de un deseo. Antonio Ventura
Verde mar del norte. Clara Castán Ibarz
La brújula del universo. Mario de los Santos
El eco entre la bruma. Ricardo Ramos Rodríguez
Las sombras del Imperio. Ricardo Ramos Rodríguez
La movida que te salvó. Mariano Pinós
Merecer la vida. Laura Serrano

Cariñena. Antón Castro
Los días blancos. Marta Armingol
Declive. Fernando Rivarés
Canciones ligeras. Miguel Mena
Hannibaal. Miguel Carcasona
Inventario de monos. Galgo Cabanas (Mario de los Santos y Óscar Sipán)
De viento y sal. Clara S. Mendívil
Jimena. Magdalena Lasala
Catorce. Paula Figols
El silencio y su canción. Ángel Gracia
Marta. Víctor Juan
La nota muerta. Rosa Martínez
Para cenar, aire. Pedro Bosqued
Las batallas perdidas. Jaime Tomás
La fugitiva. Clara Járboles
Alcohol de quemar. Miguel Mena
La casa de los dioses de alabastro. Magdalena Lasala
Tristán. La ética del monstruo. Javier Romero Collazos
Puente de Hierro. Miguel Mena
Máscara. Ricardo Ramos Rodríguez
Leopardos en el diván. Gonzalo Fontana Elboj
Lucífugo. José María Tamparillas
Bendita calamidad. Miguel Mena
La estirpe de la mariposa. Magdalena Lasala
El colapso de la colmena. Julia Jiménez Carrera
Los Hijos de Hura. Abdelrahim Kamal
Dinero caído del cielo. Reyes Salvador
No podría estar más contenta. Marisol Aznar y María Frisa
Leitmotiv. Sergio Sarsa
Profanación. Ramón Acín
Onda Media. Miguel Mena
Proyecto Sada. Javier Gastón
La vista atrás. Laura Serrano

Poesía

Litiasis. Manuel M. Forega
Todas las religiones son una / No hay religión natural. William Blake
Estoy poeta (o diferentes maneras de estar sobre la Tierra). Begoña Abad
AntiaéreA. Encuentro poético en Zaragoza. Carmen Camacho, Alicia García Núñez, Marta Navarro, Chus Pato, Inés Povar, Miriam Reyes, Sandra Santana, Hermanas del Hambre (Elisa Berna y Charo de la Varga)
Todo estalla dicho. Elvira Lozano
La experiencia de la poesía. Ángel Guinda
AntiaéreA II. Poesía encontrada en Zaragoza. Ajo, Eva Antón Bravo, Zhivka Baltadzhieva, Isabel Bono, Javier Corcobado, Cristina Járboles, Laia López Manrique, David Mayor, Carmen Ruiz Fleta
Diez años de sol y edad (Antología 2006-2016). Begoña Abad
Alud. Javier Fajarnés Durán
Los países de piedra. Pablo Javier Pérez López
Existe algún lugar en donde nadie. Juan Pablo Roa
Te mataré mientras vivas (Coronación supersónica). Raúl Herrero
La ciudad y el cuchillo. Javier Fajarnés Durán
Vidrieras. Laurent Tailhade

El tiempo de las alambradas. Antología poética. Antonio Orihuela
Esta vida verde. Antología poética. Lyn Coffin
Las palabras son nocivas. Antología poética. Amador Palacios
Las locuras ya no son locuras. Antología poética. Ferruccio Brugnaro
El techo de los árboles. Begoña Abad
Satirologio. Epigramas del siglo XXI. José Verón Gormaz
Caballo de mina. Gerardo Vacana
Big Bang. José Luis Esteban
Los signos en el agua. Noventa y nueve poemas. Joaquín Sánchez Vallés
Avanza el olvido. Javier Ramón Jarne
Fábrica de la seda. Miguel Ángel Curiel
Casa junto al arrecife. Enrique Ariño Gil
Trivium. Marcos Castillo Monsegur
El lenguaje de las ballenas. Begoña Abad
El libro de horas. Rainer Maria Rilke
Gran Guiñol. Miguel Ángel Ortiz Albero
Cantares y presagios. José Verón Gormaz
Marcha por el desierto. Sandra Santana
Una guitarra de contrabando. Gerardo Vacana
Diccionario de garzas y de mirlos. Pablo Javier Pérez López
Piedra y tijeras. Nacho Tajahuerce
#MedeaHaVuelto. Angélica Morales
Madres. Begoña Abad
Todas las moradas de mi aliento. Jacques Meylan
Razón de espera. Rafael Lobarte Fontecha
Poesía. Guido Cavalcanti
Tránsito. María Pilar Martínez Barca
Viejo. Sergio Gómez
Barro. Miguel Ángel Curiel
Historia del mundo antiguo. Joaquín Sánchez Vallés
Este día, este momento. Juan Pablo Roa
El miedo del doble a la soledad. Rosa Martínez
Un vuelo sin la mecánica adecuada. Pecker
Brioleta volumen 2. Poesía aragonesa en femenino. Carmen Aliaga, María Pilar Benítez Marco, Mar Blanco, Marta Domínguez Alonso, María Dubón, Ana Giménez Betrán, Reyes Guillén, Blanca Langa Hernández, Angélica Morales, Trinidad Ruiz Marcellán, Helena Santolaya y Carlota Urgel
Entre el huerto y el corral y otros versos. Gerardo Vacana
Cantar cuarenta. Cancionero completo 1983-2023. Gabriel Sopeña
Sálvida. Sofía Díaz Gotor
La fuerza de la tierra. Paula Martínez
Ahab. Antología poética. Carlos Ramos
Enseres del invierno. Miguel Carcasona

Libro ilustrado

El dibujante de relatos. Antón Castro y Juan Tudela
La península de Cilemaga. Helena Santolaya
Marcianos. Sergio Algora y Óscar Sanmartín
La odisea de Fortunato. Pere Inglés y David Girón

No ficción

Reconstrucción. Miguel Ángel Ortiz Albero
Sahara Occidental. Cuarenta años construyendo resistencia. Varios autores

Residencia y tránsito de las letras en Aragón. Fernando Aínsa
Diario de campo de un psicólogo en un club de fútbol. Luis Cantarero
Marcelino. Muerte y vida de un payaso. Víctor Casanova Abós
Aragón en el sistema solar. Carlos Garcés Manau
Los poetas malditos. Paul Verlaine
Poetas y poéticas. Ensayos. Amador Palacios
Del espejismo de la revolución a la venganza de la victoria. Guerra y posguerra en Barbastro y el Somontano (1936-1945). José María Azpíroz Pascual
Nerín. Memorias compartidas. Varios autores. Edición de Rafael Latre
Sahara Occidental. Del abandono colonial a la construcción de un estado. Varios autores
El hombre elefante. Frederick Treves
Pasaron por aquí. Antón Castro
Nacer para aprender, volar para vivir. Un acercamiento a la poesía de Begoña Abad. José María García Linares
¡Cállate, papá! Padres y violencias en el fútbol industrial. Luis Cantarero
Metodologías activas en el aula. Innovación educativa para fomentar el aprendizaje significativo del alumnado. Pablo Usán Supervía y Carlos Salavera Bordás (coords.)
Gamificación educativa. Innovación en el aula para potenciar el proceso de enseñanza-aprendizaje. Pablo Usán Supervía y Carlos Salavera Bordás (coords.)
El viaje exterior. Ensayos censores IV. Manuel Martínez-Forega
Teruel. Otra dimensión. Juan Villalba Sebastián
Opiniones de mujeres. María Domínguez
La guerra de los robots. Cómo la tecnología está cambiando los conflictos armados. Francisco Rubio Damián
La escritura por venir. Ensayos sobre arte y literatura en los siglos XX y XXI. Sandra Santana
La vida al alcance de la mano. La discapacidad a través de mi historia. Álex Sánchez
El viaje exterior. Ensayos censores V. Manuel Martínez-Forega
El camino de la serpiente. Escritos ocultistas. Fernando Pessoa
La jota, aragonesa y cosmopolita. De San Petersburgo a Nueva York. Marta Vela
El bazar infinito. Rutas y mares entre Oriente y Occidente. Alberto Cebrián
Ríos que mueren sin mar. Viaje por las culturas de Asia central. Enrique Ariño Gil
Humanizar el fútbol. Deporte y transformación social. Julio Salinas y Luis Cantarero (coords.)
Tú eres antes que todo. Correspondencia de Ramón Acín y Conchita Monrás. Víctor Juan
Adolescentes del siglo XXI. Técnicas de liderazgo parental. Marisa Felipe
Aurora y la celiaquía. Laura Marín
Zaragoza. Historias de ida y vuelta. Miguel Mena
Aragón. Formas de ser. Miguel Mena
Viaje al mar. Diario de un nabatero. Kike Fernández
Un violinista en el Titanic. Tribulaciones de un heterodoxo. Ángel Garcés Sanagustín
Diario del último año. Florbela Espanca
Juan de Velasco, primer maestre de campo de la Ciudadela de Jaca. Marcos Mayorga
Creatividad de andar por clase. Asunción Porta
Albarracín. Un viaje en el tiempo. Juan Villalba Sebastián
Diálogos en cautividad. Antón Castro
Deambulatorio. Miguel Ángel Ortiz Albero
Mauricio Aznar y Almagato. La historia. Jaime González
Máquinas que cuentan historias. La inteligencia artificial y la literatura del futuro. Varios autores
Cincuenta estaciones europeas. Catedrales de la modernidad. Alfonso Marco
La jota, aragonesa y liberal. Zaragoza, Madrid y París. Marta Vela

Infantil y juvenil

La Dama, el Duende y el Rey. Tres leyendas aragonesas. Roberto Malo, José María Tamparillas, Daniel Tejero y David Guirao
Moflete, el elegante. Agustín Porras y Arturo García Blanco

La ardilla poeta y el futuro del planeta. Pilimar Aguilar y Xcar Malavida
Moflete ya sabe contar. Agustín Porras y Arturo García Blanco
Agentes del futuro. María Frisa y Xcar Malavida
Minicó dice no. Nerea Mur
El príncipe que cruzó allende los mares. Roberto Malo, Francisco Javier Mateos y David Guirao
De tu abrazo a las estrellas. Victoria Alcalde y Ruth Alarcón
Mocoloco y Flemalarga. Nines Barcelona y Nerea Mur
San Jorge y el dragón. Daniel Nesquens y David Guirao
Antes de las nueve. Pablo Ferrer, Paula Figols, Marina Santos y Christian Peribáñez
Erny, el monstruo de la Laguna Negra. María Álvarez e Irene Campos
Lex, el Tiranosaurio Rex. Roberto Malo, Daniel Tejero y Blanca Bk
La ardilla poeta y su libro de recetas. Pilimar Aguilar y Xcar Malavida
Un viernes soleado. Pepe Serrano y Raquel Samitier
Mika, el niño fantasma. Daniel Tejero y Bernal